PUZZLE MORTEL

www.casterman.com

casterman
Cantersteen 47
1000 Bruxelles

Publié en Australie par Allen & Unwinn, sous le titre : *The Debt – Book 3 : Bring Back Cerberus*
© Phillip Gwynne 2013

ISBN : 978-2-203-08455-1
N° d'édition : L.10EJDN001372.N001

© Casterman 2014
Achevé d'imprimer en juillet 2014, en Italie.
Dépôt légal : septembre 2014 ; D.2014/0053/270
Déposé au ministère de la Justice, Paris (loi n°49.956 du 16 juillet 1949
sur les publications destinées à la jeunesse).

PHILLIP GWYNNE

RUSH
PUZZLE MORTEL

Traduit de l'anglais (Australie)
par Chloé Petit

CONTRAT #3

casterman

Rappel des événements

Autrefois, Dom Silvagni menait une vie paisible sous le soleil australien, partagée entre les bons moments passés avec son amie Imogen et les entraînements d'athlétisme avec Gus, son grand-père et coach. Mais ça, c'était avant...

Le jour de ses quinze ans, Dom a découvert un terrible secret de famille : les Silvagni ont une dette envers la Mafia, une dette très ancienne dont il est l'héritier ! Comme son père et son grand-père avant lui, il doit exécuter six contrats au service de cette mystérieuse organisation criminelle. Interdiction pour lui d'en parler à qui que ce soit ou de recourir à une aide extérieure. En cas d'échec, le vieux document signé par l'ancêtre de Dom précise que « le créancier pourra prélever une livre de chair sur son débiteur ». D'abord incrédule, puis saisi d'horreur, Dom comprend bientôt comment Gus a perdu sa jambe...

Il est déjà parvenu à remplir ses deux premiers contrats : capturer le Zolt, ce jeune rebelle très populaire qui avait jusqu'alors échappé à toutes les forces de police, et couper l'électricité de sa ville pendant une heure. Mais à quel prix... il a frôlé plusieurs fois la mort, son camarade de classe Tristan est resté dans le coma pendant plusieurs semaines et Imogen, exaspérée par son comportement, refuse de lui adresser la parole. Il sait désormais qu'on ne plaisante pas avec La Dette...

À présent, une seule question occupe son esprit : quand lui communiquera-t-on son prochain ordre de mission ?

01. DISCIPULE, CARO MORTUA ES

En franchissant le portail du collège, j'aperçus le professeur Chakrabarty qui sortait de la bibliothèque, pile de bouquins sous le bras et journal à la main. Comme je ne l'avais pas croisé depuis un bail, j'en avais déduit qu'il avait pris sa retraite, ou qu'il était mort, ou encore qu'il avait trouvé une autre bonne excuse pour arrêter d'enseigner les langues mortes. Il faut bien avouer que le grec ancien et le latin n'attiraient pas les foules à Coast Grammar. C'est sûr que ses cours auraient été bien plus demandés s'ils avaient porté sur le surf ou le meilleur moyen de gagner encore plus d'argent lorsqu'on est déjà plein aux as. Le professeur passait en fait le plus clair de son temps entre la bibliothèque et son bureau, situé dans la partie la plus ancienne de l'établissement, surnommée Poudlard.

Je sortis mon iPhone pour relire le SMS que j'avais reçu. *Discipule, caro mortua es.* J'avais essayé de décoder ce message sibyllin, mais les talents de Google Traduction s'étaient limités à « Disciple, viande morte tu es ». Je n'avais pas cherché plus loin, et rien ne m'était arrivé depuis. Mais en apercevant le professeur de latin, l'idée m'était venue de le lui montrer pour avoir son avis.

En m'approchant de lui, je fus saisi par une odeur de renfermé. Impossible de savoir si elle provenait de ses vêtements ou des bouquins qu'il tenait dans ses bras. Je jetai un bref coup d'œil sur leurs titres. Ils portaient tous sur la Grèce et la Rome antiques, à l'exception d'un ouvrage à l'aspect plus récent, intitulé *La Controverse du carbone*.

— Bonjour, monsieur Chakrabarty.

— Pas la peine de hurler, jeune homme, vitupéra-t-il en fronçant ses énormes sourcils broussailleux. Je ne suis peut-être plus de première jeunesse, mais je ne suis pas encore complètement sourd. Rappelez-moi votre nom ?

— Dominic Silvagni, monsieur.

— Et que puis-je pour vous, Dominic ?

Mais sans même me laisser le temps de répondre, il ajouta :

—*Arti undis uectandi deditus sum.*

— Pardon ?

— Attendez… Vous n'êtes pas un adepte du surf qui cherche une phrase latine à se faire tatouer dans le dos ?

— Quoi ? Mais pas du tout ! Qu'est-ce que vous racontez ?

— Ah tiens, c'est curieux… C'est pourtant la motivation de la plupart des élèves qui viennent me trouver en dehors des cours. Cette phrase signifie : « Je m'adonne à l'art de chevaucher les vagues. » Notez que des variantes sont possibles. Par exemple, *Natus ut rotis caligaribus vectus essem.*

Je m'accordai quelques secondes de réflexion, puis me référai au second sport favori des élèves de Coast Grammar.

— Il est question de quelque chose qui roule, c'est ça ? C'est la phrase que vous réservez aux fans de skateboard, j'imagine.

— Bravo ! « Je suis né pour parcourir les routes en roulant. » Vous avez visiblement l'étoffe d'un spécialiste ès lettres classiques.

J'encaissai le sarcasme, arme favorite de la plupart des professeurs depuis l'interdiction des châtiments corporels. Mais un regard vers lui me fit changer d'avis. Pas de doute, il semblait sincère. Pauvre professeur Chakrabarty, prêt à tout pour rameuter des élèves. Personne ne voulait suivre ses cours, pas même Peter Eisinger, pourtant connu pour étudier toutes les matières les plus bizarres et improbables.

— En fait, je suis plutôt spécialiste en course à pied.

— Un coureur ! Notre Philippidès à nous.

— Phili… qui ?

— Philippidès. D'après la légende, c'était un messager athénien qui aurait été envoyé demander de l'aide à Sparte lorsque les Perses tentèrent d'envahir Marathon, en 490 avant J.-C. Selon Hérodote, Philippidès aurait effectué l'aller-retour, soit deux cent quarante kilomètres, en deux jours. D'autres historiens rapportent qu'il aurait ensuite parcouru les quarante kilomètres qui séparaient Marathon d'Athènes pour annoncer la victoire des Grecs par un seul mot : *Nenikékamen* (« Nous sommes victorieux ! »).

C'était plutôt cool d'écouter ce que le professeur Chakrabarty avait à raconter. Je regrettais presque de ne pas être allé lui parler plus tôt.

— Et ensuite, que lui est-il arrivé ? demandai-je, avide d'entendre les autres exploits extraordinaires de ce coureur antique.

9

— Ensuite, il est tombé raide mort. D'épuisement.

Tombé raide mort ? Je pris la résolution de m'en tenir au demi-fond.

Puis le professeur repartit sur sa lancée en me racontant que Philippidès aurait rencontré le dieu Pan sur le mont Parthénion, et que ce dernier aurait favorisé la victoire des Grecs en causant chez leurs adversaires une peur irrépressible, les poussant à fuir.

— Et c'est donc de lui, du dieu Pan, que provient le terme « panique », poursuivit-il avant de marquer une pause pour reprendre son souffle.

J'en profitai pour aborder le sujet du SMS qui obnubilait désormais mon esprit.

— Professeur, vous pourriez me traduire quelque chose ?

— Du latin ?

— Je crois bien, répondis-je en lui tendant mon iPhone.

— Ma vue n'est plus ce qu'elle était, dit-il en me donnant son journal plié à la page des mots croisés. Tiens-moi ça pour que j'y regarde de plus près.

Pendant qu'il étudiait l'écran, mon regard se posa sur la grille à moitié remplie. Je parcourus une définition : *Chef hors-la-loi gérant de l'argent.* Puis une autre : *De prime abord amical, se nourrit de primates.*

Sérieusement, qui pouvait déchiffrer des énoncés pareils ?

— C'est un iPhone 5, n'est-ce pas ? demanda le professeur Chakrabarty. Pas mal du tout. Crois-tu que je pourrais échanger mon mobile contre un de ces engins ?

— Vous êtes chez quel opérateur ?

— Virgin.

— Je crois bien qu'ils ont une liste d'attente monstrueuse.

— Et sinon que penses-tu de ces nouveaux téléphones, les Styxx ? Ils m'ont l'air d'être devenus très populaires.

— Oui, surtout parmi les geeks. Et donc, pour en revenir à ce message… insistai-je.

Il reporta son attention sur l'écran.

— Qui vous l'a envoyé ? me demanda-t-il alors d'un ton alarmé.

— Je l'ignore.

— Cette personne s'y connaît plutôt bien en latin, en tout cas.

— Mais qu'est-ce que ça veut dire ? le pressai-je alors que retentissait la sonnerie.

— Tu ne t'es pas attiré d'ennuis, au moins ?

Que pouvais-je lui répondre ? Que derrière ces menaces se cachait sans doute La Dette, l'organisation mafieuse qui avait fait de moi sa marionnette ? Que mon père m'avait marqué la cuisse au fer rouge et qu'il m'était désormais impossible d'approcher un barbecue sans avoir un haut-le-cœur ? Que j'avais découvert comment mon grand-père avait perdu sa jambe, et que je risquais de subir le même sort si je n'exécutais pas mes quatre prochains contrats pour La Dette ? Que c'était moi qui avais capturé le Zolt[1] et plongé Gold Coast dans le noir pendant l'opération *Une heure pour la planète*[2], et qu'à présent la police était à mes trousses ? Impossible.

— Tu ne t'es pas attiré d'ennuis ? répéta-t-il en me scrutant intensément.

---

1. Lire le contrat # 1 : *Dette de sang*.
2. Lire le contrat # 2 : *Nuit noire*.

— Non monsieur, répondis-je enfin.

— C'est une menace, et pas des moindres. On pourrait la traduire par : « Tu es un homme mort. »

Estomaqué, je sentis un frisson glacé me parcourir l'échine.

Tu es un homme mort.

J'avais reçu ce message juste après avoir accompli mon deuxième contrat : éteindre toutes les lumières de Gold Coast. Tout ce que La Dette m'avait demandé, je l'avais fait. Alors pour quelle raison m'aurait-elle condamné à mort ?

J'avais beau étudier la question sous tous les angles, cela me semblait tout bonnement injuste !

02. NOM D'UN HOUND DE VILLIERS

— Avant de commencer, je voudrais qu'on applaudisse chaleureusement Rashid, Bevan Milne et Dom, qui se sont qualifiés pour les championnats nationaux, annonça Mrs Sheeds au début de l'entraînement.

Il n'y avait pourtant vraiment pas de quoi parader. Ces qualifications n'avaient été que fiasco sur fiasco. La première fois qu'on avait disputé la course, l'extinction des lumières du stade l'avait arrêtée avant la fin. La seconde fois, les Kényans avaient fini dans les quatre premières places, nous éliminant d'office pour les championnats. Puis une sombre affaire administrative fut mise au grand jour : les visas des Kényans n'étaient pas valides. Ils furent donc disqualifiés, et c'est ainsi que les quatre coureurs suivants, dont Rashid, Bevan Milne et moi, devinrent éligibles pour représenter l'école aux championnats nationaux.

Vraiment pas de quoi parader, donc. Bref, pas étonnant que le reste de l'équipe nous ait applaudis sans grand enthousiasme.

— Allez, dix fois quatre cents mètres pour commencer, lança Sheeds. À 75 % de votre fréquence cardiaque.

Ses paroles furent accueillies par quelques geignements, comme toujours.

Tandis que j'attaquais le premier tour de piste, je me rendis compte à quel point courir m'avait manqué. C'était bon de me retrouver dans cet univers familier que j'aimais. Devoir se concentrer sur l'instant, sans se laisser distraire par le passé ou le futur, et faire travailler son corps et son esprit en parfaite harmonie.

— C'est bien, Dom ! me cria l'entraîneuse.

Rasséréné, je me sentis envahi par une vague d'euphorie. Oubliée, la qualification désastreuse. J'étais prêt à disputer la course de ma vie à Sydney.

À la fin du dernier tour, Sheeds nous fit rassembler le long de la piste de saut en longueur et nous tendit à chacun un itinéraire reprenant les étapes du trajet que nous allions effectuer deux semaines plus tard.

— Lisez ceci attentivement, ordonna-t-elle.

Je parcourus la feuille rapidement. Nous devions nous retrouver le samedi midi, la veille des championnats, pour prendre un minibus jusqu'à Sydney, où nous passerions la nuit dans un hôtel. Puis, le lendemain, nous disputerions la course, avant de rentrer le soir même.

Mes parents, qui voyaient les choses en grand pour cet événement, comptaient s'y rendre en avion et séjourner dans un hôtel de luxe. J'aurais pu faire le voyage avec eux, en insistant un peu. Ou, pour être plus précis, si mon père, par ailleurs mécène principal de Coast Grammar, en avait fait la demande.

Mais de mon côté, j'avais plutôt envie de faire ce voyage en minibus avec les autres. Même si je m'attendais à ce que Bevan Milne nous asphyxie avec ses pets monstrueux pendant tout le trajet. Et que Rashid répète la même blague foireuse un millier de fois. Sans parler de Mrs Sheeds, qui insisterait pour nous faire chanter en chœur des chansons débiles. Oui, malgré tout cela, je savais que ce voyage allait être sympa.

Perdu dans mes pensées, je levai les yeux vers le ciel splendide. Au loin, on pouvait apercevoir l'éclat blanc d'un avion léger qui s'éloignait vers le sud.

Peu de temps auparavant, je m'étais moi-même trouvé à bord d'un tel appareil, piloté par nul autre qu'Otto Zolton-Bander, le célèbre activiste adulé sur Facebook. Mais à présent, ce souvenir se floutait dans mon esprit, comme s'il s'agissait d'une scène visionnée dans un film. Pourtant, cela m'était bel et bien arrivé. Et je savais que d'autres aventures du même genre ne tarderaient pas à se reproduire, car il me restait quatre contrats à honorer.

La question était de savoir quand. L'ordinateur offert par La Dette pouvait très bien s'ouvrir le soir même pour afficher un nouvel ordre de mission. Ou bien celui-ci serait-il craché par la voix robotique de notre tapis de course, comme la dernière fois ?

— Des questions ? demanda Sheeds, interrompant mes pensées.

Nous répondîmes par la négative, alors l'entraîneuse nous fit approcher pour écouter son laïus habituel.

— Chaque matin, en Afrique, lorsqu'une gazelle se réveille, elle sait qu'elle doit être plus rapide que le lion qui la prendra en chasse, ou elle mourra dévorée. Chaque matin, en Afrique, lorsqu'un lion se réveille, il sait qu'il devra courir plus vite que la gazelle la plus lente de la harde, ou il mourra de faim. Alors peu importe que vous soyez lion ou gazelle : quand le soleil se lève, vous avez intérêt à vous bouger les fesses et à courir !

Hakuna Matata !

— Et n'oubliez pas qu'il y a entraînement demain, ajouta-t-elle.

■ ■ ■

Mr Ryan, mon professeur d'éducation civique, attendait devant les vestiaires, vêtu de son sempiternel uniforme, un pantalon beige et une chemise bleue immaculée. Le débat faisait rage au collège : s'agissait-il toujours des mêmes vêtements, lavés et repassés à la fin de chaque journée, ou bien possédait-il plusieurs exemplaires similaires, lui permettant d'arborer la même tenue jour après jour ?

— Alors, prêts pour les championnats ? me demanda-t-il.

— Oui, mais ça ne va pas être facile.

— C'est normal. Courir au niveau national est généralement plus difficile qu'à l'international.

Il savait de quoi il parlait : quand il était élève à Coast Grammar, dans les années 1980, il avait été champion de cross-country et son record pour le huit kilomètres restait encore inégalé.

— À propos de cette autre affaire, Dom...

L'autre affaire. Le fait que j'avais la police sur le dos depuis que, sur ordre de La Dette, je m'étais introduit dans la centrale nucléaire de Diablo Bay pour plonger Gold Coast dans le noir pendant l'opération *Une heure pour la planète*. Cette affaire dans laquelle Mr Ryan, ancien avocat, se retrouvait désormais impliqué en prenant le parti de me soutenir et de m'aider.

Je sentis mes entrailles tressaillir, redoutant le pire : que les autorités aient fini par obtenir la preuve de ma culpabilité.

— ... il semblerait que la police s'intéresse moins à Diablo Bay, m'annonça-t-il.

— C'est génial ! m'exclamai-je, soulagé.

— Le problème, c'est que ton nom a été évoqué dans une autre affaire, sans lien avec la centrale.

Mr Ryan avait abandonné son ton de professeur un peu coincé et s'exprimait comme un avocat. Un avocat ayant de très bonnes relations.

— Tu as entendu parler d'Otto Zolton-Bander ? poursuivit-il.

Mon instinct me poussait à dire non, à nier en bloc, mais cela aurait été idiot, car tout le monde connaissait le Zolt.

— Oui, évidemment. Mais il est mort maintenant, non ?

— C'est ce que prétend la police. Mais ce n'est pas très clair. Ils pensent que tu as un lien avec lui. Tout prête à croire que tu te trouvais à bord de son avion quand il a atterri dans la réserve naturelle Ibbotson.

— C'est complètement insensé, m'emportai-je. Ce jour-là, je participais à une course à Reverie Island.

Un bien joli bobard. S'il y avait une chose que La Dette m'avait apprise, c'était à mentir.

— Vraiment ? s'étonna-t-il, son regard fouillant le mien. Voilà un très bon alibi.

— Un parfait alibi, renchéris-je.

Mais j'avais surtout un excellent grand-père, prêt à enjoliver un peu la vérité.

— C'est une très bonne nouvelle, déclara-t-il en me gratifiant d'une grande tape dans le dos.

— Et de votre côté, avez-vous préparé une facture pour mon père ? Pour tout le travail que vous avez déjà fait ?

— Dom, ne sois pas bête, me sermonna-t-il en levant les bras au ciel. Cela m'amuse vraiment de me frotter à nouveau à la loi. Beaucoup plus que lorsque je faisais moi-même partie du barreau.

Après lui avoir dit au revoir, je filai me changer. Mais une question me turlupinait. Mr Ryan était un brillant avocat. Et, visiblement, le droit semblait être son dada. Alors pourquoi avait-il tout lâché pour venir faire cours aux petits snobinards de Coast Grammar ?

■ ■ ■

Sur le chemin du retour, je longeai un parc dans lequel quelques canards, toutes ailes déployées, prenaient un bain de soleil. J'étais perdu dans cette contemplation idyllique lorsqu'un 4X4 noir monta soudainement sur le trottoir pour me barrer la route. La vitre s'abaissa et je me retrouvai nez à nez avec Hound de Villiers.

J'aurais pu prendre mes jambes à mon cou et m'enfuir en traversant le parc. Mais c'était une mauvaise option. Car tôt ou tard, Hound, détective privé de son état, aurait remis la main sur moi. Retrouver des gens, c'était ainsi qu'il gagnait sa vie.

Et clairement, il gagnait très bien sa vie, car un Hummer, ce n'était pas donné.

Hound avait toujours les yeux rivés sur moi.

Dis quelque chose. N'importe quoi. Histoire de briser la glace.

— Elle s'en est bien remise, lâchai-je en pointant du doigt la portière du véhicule.

La dernière fois que je l'avais vue, la carrosserie venait d'être défoncée par la Mercedes d'Otto Zolton-Bander.

— Dis-moi, gamin, riposta-t-il, si je te descendais, là, tout de suite, qui s'en soucierait?

Hound était-il capable de descendre quelqu'un de sang-froid en plein jour?

Non, probablement pas. Mais il n'en restait pas moins une armoire à glace qui me flanquait sérieusement la trouille. Qui avait tapissé les murs de son bureau de photos de lui posant avec de gros calibres. Et qui m'avait une fois frappé à la tête si fort que mes oreilles avaient bourdonné pendant des heures.

— Hein, qui s'en soucierait? répéta-t-il.

— Des tas de gens, figurez-vous, répliquai-je en sortant mon iPhone de ma poche pour lui tirer le portrait. Notamment la personne à qui je viens d'envoyer cette photo. Elle, elle s'en soucierait. Au point d'appeler la police en ne me voyant pas rentrer ce soir.

Hound me dévisagea pendant un instant avant de me demander :

— Alors, où est-il?

— Vous faites référence à Otto Zolton-Bander, je présume ?

— Tu commences vraiment à me chauffer, morveux.

— Il est mort, rétorquai-je. Vous ne regardez pas les infos ?

L'air que Hound afficha me laissa comprendre qu'il n'en croyait pas un mot. Et je ne pouvais pas le lui reprocher, car de mon côté j'avais la quasi-certitude que le Zolt était bien vivant. Qui d'autre que lui aurait eu le cran de survoler Halcyon Grove à bord d'un petit avion, pour laisser tomber une fausse pièce de collection dans notre piscine ?

— Où est-il ? répéta Hound.

— Je l'ignore, je vous assure.

— Serais-tu prêt à te soumettre à un polygraphe ?

— Un détecteur de mensonges, vous voulez dire ?

— Exactement. Mon bureau, demain à dix-sept heures.

— Très bien, vous pouvez compter sur moi, mentis-je.

Car en vérité, je n'avais absolument pas l'intention de m'y rendre. Déjà parce que j'avais entraînement. Mais surtout parce que cela sentait le traquenard à plein nez.

03. VIRTUELLEMENT IMOGEN

C'était mal. Immoral. Malhonnête. Oui, je le savais. Mais je ne pouvais pas m'en empêcher, c'était plus fort que moi. Il fallait que je la voie. Même si je devais me contenter de sa présence virtuelle. Car depuis que je lui avais avoué avoir mis le feu à la piscine des Jazy, Imogen ne m'adressait plus la parole. Pire, elle faisait comme si je n'existais pas.

Après avoir verrouillé la porte de ma chambre, je m'installai devant l'ordinateur.

— Ouvre-toi, commandai-je.

La machine m'obéit au doigt et à l'œil.

— Réseaux, poursuivis-je, en l'observant afficher tous les réseaux des environs.

Je savais qu'Imogen se trouvait chez elle, car j'avais aperçu sa silhouette derrière la fenêtre de sa chambre. Toutefois, rien ne garantissait que son réseau soit activé.

Mon cœur bondit en voyant HAVILLAND s'afficher. Je cliquai dessus, puis une copie du bureau de l'ordinateur d'Imogen apparut à l'écran.

Mais il n'y avait rien d'ouvert. Pas le moindre programme, application ou widget. Toutes les icônes de son bureau étaient désespérément bien alignées et ordonnées.

— Vous allez bouger, bordel ! leur lançai-je, exaspéré et déçu.

Rien à faire, Imogen était aux abonnés absents. Je remarquai toutefois qu'elle avait changé son fond d'écran pour une photo de son père disparu, tirée d'une coupure de presse. Il posait triomphant, les bras en l'air, célébrant sa victoire à une élection quelconque. Une Mrs Havilland très belle et sophistiquée se tenait à ses côtés, une petite fille blonde aux yeux immenses agrippée à sa main. Imogen.

De nombreux visages souriants apparaissaient derrière eux, probablement des membres du parti de Mr Havilland. Mais l'un d'eux me semblait familier, sans que je puisse déterminer pourquoi.

Mon attention se reporta sur les icônes du bureau. Toujours immobiles.

Allez, vous allez bouger oui ou merde.

La vraie Imogen refusait de m'adresser la parole, et son pendant virtuel semblait faire de même.

J'attendis cinq minutes, puis dix, puis vingt. Toujours rien.

Trente minutes s'écoulèrent. Quarante minutes.

Où était-elle, bon sang ?

Immédiatement, tout un tas d'explications plus ou moins plausibles me vinrent à l'esprit. Imogen était en compagnie de Tristan. Ou de quelqu'un encore moins cool que lui. Ou alors elle s'était étouffée avec une sucette et gisait par terre dans sa chambre.

Après une heure d'attente, j'en eus assez. Il fallait que je me déconnecte du réseau d'Imogen, que j'éteigne l'ordinateur et que je me tourne vers une activité plus productive.

Et pourtant, je fis exactement l'inverse.

J'ouvris la boîte mail d'Imogen. Oui, c'était mal, immoral et malhonnête. Mais cela n'empêcha pas mon geste. D'ailleurs je n'ouvrais pas le vrai programme, seulement une copie. Aucun problème ne pouvait arriver.

Mais je me trompais.

Bang ! Bang ! Bang ! Bang ! Quatre nouveaux messages.

Je fus pris de panique. Et si Imogen se rendait compte que j'avais farfouillé dans ses mails ? C'est alors que les paroles du professeur Chakrabarty me revinrent en mémoire : la panique n'était qu'une invention du dieu Pan pour coller la frousse à quelques soldats.

Je me détendis. À cet instant, je me rendis compte qu'après tout, je n'avais pas de souci à me faire. Il y avait mille raisons pour qu'un ordinateur se détraque : virus, bugs, logiciels malveillants… Et comme l'appareil dont je me servais était à la pointe de la technologie question précision et discrétion, Imogen n'aurait aucun moyen de savoir que c'était moi le coupable.

L'esprit plus tranquille, je ne pus m'empêcher de jeter un coup d'œil à ces nouveaux mails.

Le premier provenait des Démons de la Terre !

Mon cerveau se mit à gamberger à cent à l'heure. Imogen leur avait-elle tout balancé à mon sujet ? Faisait-elle partie intégrante de leur organisation ? Ou bien était-elle carrément leur tête pensante ?

Tout à coup, je me souvins que c'était elle qui m'avait parlé de ces Démons de la Terre. Et, écolo engagée comme elle était, cela ne paraissait pas si surprenant qu'elle reçoive régulièrement des nouvelles de leur part. Après tout, elle était également abonnée aux newsletters de Greenpeace, Sea Shepherd et Save The Whales.

En ouvrant le mail, je constatai que j'avais vu juste. Il s'agissait d'une lettre d'information basique visant à remercier les destinataires pour leur soutien, sans lequel ils ne pourraient pas bla bla bla.

J'allais interrompre ma lecture lorsque, plus loin dans le mail, deux mots attirèrent mon attention : *Diablo* et *Bay*.

Notre campagne visant à faire démanteler la centrale nucléaire de Diablo Bay a pris une nouvelle tournure après que WikiLeaks a publié un document interne révélant que la panne d'électricité générale survenue durant l'opération Une heure pour la planète *aurait été causée par le piratage de leur système informatique.*

La centrale nucléaire de Diablo Bay allait être démantelée grâce à moi ? Je me sentis pousser des ailes, comme si je venais de descendre plusieurs canettes de Red Bull.

Je poursuivis ma lecture.

Notre campagne a récemment reçu un don généreux de la part d'un donateur anonyme.

Après quoi, encore du blabla inintéressant.

À la fin du mail, Max Stenton de l'Association des plongeurs sous-marins faisait savoir que *toute la communauté des plongeurs saluerait le démantèlement de Diablo Bay et la réouverture des côtes aux activités de loisir.*

Le mail suivant venait de Tristan.

Je l'ouvris en m'attendant au pire : que toute la compassion qu'Imogen avait ressentie pour le Tristan comateux l'ait poussée à se jeter dans ses bras à son réveil, et qu'ils soient désormais ensemble.

En fait, je ne faisais pas que m'attendre au pire, je l'espérais presque. Car ma colère et mon ressentiment auraient alors été légitimes.

chère im, ce n'était que le début du mail et déjà cela me rendait fou. Qui avait donné à ce connard la permission de l'appeler *im* ? Il n'y avait que moi qui avais le droit de l'appeler comme ça !

le docteur dit que vu que mon état ne s'améliore pas je ne retournerai pas en cours avant le prochain trimestre alors merci pour tous les DVD.

Bon d'accord, ce n'était pas si terrible. En fait, j'avais presque pitié de Tristan parce que 1) il était coincé chez lui ; et 2) la collection de DVD d'Imogen était assez merdique.

je te trouve un peu dure avec Dom. ce n'est pas sa faute si je suis resté aussi longtemps dans le coma. on n'a fait que déconner un peu sur un bateau :) :)

Pardon ? Avais-je bien lu ?

S'agissait-il bien de Tristan, celui-là même qui m'avait collé un coup de poing dans l'estomac ?

Au lieu d'être complètement indigné et en colère, je me sentais presque touché, voire reconnaissant.

à bientôt im, tristan

Même ce *im* me faisait moins tiquer, après coup.

Je fermai Windows Mail et me retrouvai de nouveau devant la photo de Mr Havilland. Derrière lui, l'inconnu qui me semblait pourtant familier me sauta encore aux yeux.

Cela ne fit ni une ni deux : il me fallait découvrir qui était cet individu. Il détenait peut-être la clé de la disparition du père d'Imogen. Oui, c'était là le meilleur moyen de la récupérer, de lui reparler. De reconstruire un lien au-dessus du gouffre qui nous séparait. Du moins, je l'espérais.

Seulement voilà, mener une telle enquête, c'était un boulot de détective privé. Finalement, j'irais peut-être à ce rendez-vous/traquenard que m'avait fixé Hound de Villiers.

04. MENSONGES

— Je dois partir maintenant, lançai-je à Mrs Sheeds le lendemain, au beau milieu de l'entraînement.

— Maintenant ? répéta-t-elle, abasourdie.

— Oui, maintenant.

— Tu te fiches de moi !

L'entraîneuse jeta un regard vers la piste pour s'assurer qu'aucun autre coureur ne pouvait l'entendre, puis elle me regarda droit dans les yeux et déclara :

— Dom, tu pourrais aller à Rome.

Je compris immédiatement le sens de ses paroles : si je terminais dans les quatre premières places aux championnats nationaux et que l'équipe d'Australie m'acceptait dans ses rangs, alors je pourrais me rendre aux Jeux mondiaux de la jeunesse qui auraient lieu à Rome à la fin de l'année.

Cela ne ressemblait pas du tout à Sheeds de tenir de tels propos. D'ordinaire, elle traitait tous les coureurs sur un pied d'égalité et ne manifestait jamais de préférence. Nous étions tous des gazelles. Tous des lions.

— Maintenant que tu t'es remis sur les rails, c'est à ta portée.

Sheeds pense que c'est à ma portée ! Je me sentis rougir.

— Mais seulement si tu restes concentré sur les entraînements, ajouta-t-elle.

Cela me fit hésiter. Peut-être devais-je m'en tenir à mon plan original et zapper Hound de Villiers. Mais il n'y avait que lui qui pouvait m'aider à récupérer Imogen.

— Je suis désolé, Mrs Sheeds.

Et j'étais sincère. Même si Gus doutait de ses talents, elle restait mon entraîneuse officielle à Coast Grammar. Je ne voulais pas la laisser tomber.

— Mais je dois vraiment y aller, insistai-je.

Sheeds vérifia à nouveau que les autres se trouvaient assez loin, avant de se pencher vers moi :

— Tout cela reste entre nous, d'accord ?

J'acquiesçai.

— Quand j'avais ton âge, je me suis retrouvée dans la même situation que toi, Dom. J'avais le monde à mes pieds. Tout le monde disait que j'étais sûre d'aller aux Jeux de Helsinki.

— Et que s'est-il passé ?

— Je me suis laissé distraire, tu n'as pas à en savoir plus. Et voilà, ce fut la fin de ma carrière. Et même si j'ai continué à courir, ce n'était plus pareil. On ne me prenait plus au sérieux en tant qu'athlète. Moi la première.

Elle marqua une pause, et m'adressa un sourire avant de poursuivre :

— Et pas un jour ne passe sans que j'y pense. Sans que j'imagine ce que j'aurais pu être, si seulement je m'en étais donné les moyens.

— Mais vous êtes quand même notre entraîneuse ! m'exclamai-je.

Je me rendis immédiatement compte de mon erreur. C'était la pire des choses à dire. Car je connaissais l'adage : ceux qui avaient de grandes capacités devenaient athlètes professionnels, et ceux qui n'en avaient pas finissaient entraîneurs.

C'était comme si elle et moi étions enfoncés jusqu'aux genoux dans un bourbier de déception et d'échecs sportifs en série.

Mais l'image de Hound me revint en mémoire, il fallait que j'y aille. Alors je plantai Sheeds au beau milieu de son bourbier.

■ ■ ■

Les trois premiers taxis que je hélai refusèrent de m'emmener au Block.

— Trop dangereux, dit le premier.

— Vous êtes cinglé ? demanda le deuxième.

— Que Dieu vous vienne en aide, me lança le troisième, auquel j'avais pourtant proposé de payer deux fois le prix de la course.

Je n'avais plus le choix : je sortis la carte de Luiz Antonio de mon portefeuille et composai le numéro.

— Je suis avec un autre client, je serai là dans quinze minutes, me répondit-il.

Vingt minutes plus tard, il s'arrêta devant moi et je montai à l'avant.

— Devine qui était assis là juste avant toi ! brailla-t-il, excité comme une puce.

— Heu, Hicham El Guerrouj ? tentai-je.

— Qui ça ?

— Laissez tomber. Je donne ma langue au chat. Alors, c'était qui ?

— Silva da Silva ! s'exclama-t-il d'une voix triomphante. Dans mon taxi !

— Le champion d'UFC[3] ?

J'eus l'impression de toucher sa gloire du bout du doigt, comme la fois où j'avais surfé sur la même vague que Ian Thorpe.

— Tu le connais ?

— Oui, répondis-je, bien qu'en vérité j'en sache assez peu sur lui. Mais à Coast Grammar, pas mal d'élèves s'intéressaient au combat ultime, surtout Bevan Milne. Et Silva da Silva était le nom qui revenait le plus souvent dans leurs conversations.

— Il vient de Rio, c'est un Carioca tout comme moi, continua Luiz Antonio. Il va disputer les championnats du monde la semaine prochaine, ici, à Gold Coast !

J'avais vu quelques matchs à la télévision, et pour être honnête je m'en étais tenu à admirer la musculature de ces athlètes. Les coups de poing et autres uppercuts passaient encore, mais dès qu'ils entamaient un corps à corps bien moite sur le tapis, je changeais toujours de chaîne.

Pendant que nous roulions, Luiz Antonio continua à me parler de Silva da Silva et de combat ultime. Il connaissait vraiment bien son sujet et son enthousiasme commençait à déteindre sur moi. Il arrêta le taxi devant la boutique

_____

3. Ultimate Fighting Championship, ou Championnat de combat ultime : organisation mondiale d'arts martiaux mixtes.

du prêteur sur gages, mais je n'avais absolument aucune envie de descendre. J'aurais préféré continuer à faire le tour de la ville en me laissant bercer par sa voix chantante. Pourtant je n'avais pas d'autre choix : je devais me rendre chez Hound de Villiers.

— Tu me régleras à la fin, me dit Luiz Antonio alors que je m'apprêtais à payer la course.

— Vous allez m'attendre ?

Il mima un geste d'impuissance, l'air de dire : *Tu t'attendais à quoi ?*

Pourquoi veillait-il à ce point sur moi ? Était-il à la botte de La Dette, lui aussi ?

Quoique ce soit plutôt rassurant de le savoir là. D'autant que les mêmes types louches que la dernière fois traînaient devant la boutique du prêteur sur gages. Et parmi eux se trouvait l'homme coiffé d'un bandana rouge, celui qui nous avait pris pour cibles, Tristan et moi, à Reverie Island.

Je sortis du taxi et me dirigeai vers la porte, tête baissée, me dispensant de toute formule de politesse. Je voulais entrer au plus vite pour éviter que l'homme au bandana rouge ne me reconnaisse.

Une fois le seuil franchi, je gravis quatre à quatre l'escalier jusqu'au premier étage.

Mais avant que j'aie eu le temps de frapper à la porte du bureau de Hound, celle-ci s'ouvrit, laissant apparaître un homme aussi costaud et terrifiant que le détective privé.

Il me gratifia d'un regard puis, visiblement peu impressionné par ce qu'il vit, poursuivit son chemin.

— Bonjour, lançai-je à Hound en pénétrant dans son bureau.

Il pointa une chaise du doigt : *Assieds-toi.*

— Tu soutiens toujours que tu ignores où se trouve Zolton-Bander ? me demanda-t-il sans bouger de son fauteuil.

— Je n'en ai pas la moindre idée. Et comme je vous l'ai dit, je suis prêt à me soumettre au détecteur de mensonges pour le prouver.

— Parfait ! répliqua-t-il en commençant à farfouiller dans un tiroir de son bureau.

Pendant ce temps, j'étudiai les photos qui ornaient les murs : sur chacune, Hound manipulait un modèle différent d'arme de guerre. Mais un cliché que je n'avais jamais vu auparavant attira mon attention. Hound y posait, non pas avec une arme, mais aux côtés d'un autre homme, le bras autour de son épaule. Et il ne s'agissait pas de n'importe qui, mais du Chasseur de Trésors en personne : E. Lee Marx.

— Vous connaissez E. Lee Marx ? l'interrogeai-je.

— C'est une vieille connaissance. On était ensemble à l'armée.

— Il est sud-africain, lui aussi ?

— Exact. Mais il n'aime pas trop que ça se sache. Ce n'est pas assez vendeur pour la télévision, expliqua-t-il avec un sourire.

— Alors vous avez vu son émission ?

— Un vrai ramassis de conneries ! D'ailleurs je le lui ai fait savoir quand je lui ai parlé la semaine dernière.

— Vous êtes en contact avec lui ?

— On s'échange des nouvelles de temps à autre. Comme je te l'ai dit : lui et moi, c'est une vieille histoire.

Il sortit du tiroir un petit appareil de la taille d'un iPod et me fit signe d'approcher mon bras, pour le fixer à mon poignet droit. Deux fils étaient reliés à des capteurs adhésifs qu'il colla sur ma paume, et au bout du troisième fil se trouvait un pulsomètre qu'il clipsa sur mon index.

Finalement, il brancha l'appareil dans le port USB de son iMac.

— Bon, tu es prêt ?

J'acquiesçai.

— Tu t'appelles bien Dom Silvagni ?

— Oui.

— Est-ce que tu as trois têtes ?

— Non.

Si seulement les exams étaient aussi faciles à Coast Grammar !

Une fois l'appareil calibré, Hound entra dans le vif du sujet :

— Sais-tu où se trouve Otto Zolton-Bander ?

— Non, répondis-je, convaincu que l'engin prouverait que je ne mentais pas.

— D'accord, je te crois, finit-il par admettre en lisant le résultat sur l'écran. Il se pourrait bien que tu ne saches pas où il est, tout compte fait. Alors une autre question. Est-ce toi qui as piraté le système informatique de la centrale nucléaire de Diablo Bay ?

Certes, je m'attendais à un traquenard, mais pas à ce qu'il me tombe dessus aussi rapidement.

— Qui vous a parlé de ça ? rétorquai-je.

— J'ai beau n'avoir aucun respect pour les flics, ça ne m'empêche pas d'en avoir quelques-uns à mon service. Alors, crache le morceau : oui ou non ?

— Anticonstitutionnellement.

— Je t'ai demandé de me répondre, morveux, rugit-il.

Malgré l'allure effrayante de Hound et sa capacité à me réduire en bouillie tel un cafard, je résolus de ne pas me laisser faire. Il fallait que je fasse preuve de courage, que je montre que j'en avais dans le pantalon.

Je déclipsai le pulsomètre de mon index, décollai les capteurs de ma paume et arrachai l'appareil de mon poignet pour le balancer sur son bureau.

Sous la violence du choc, le couvercle du compartiment des piles se détacha. L'appareil était vide.

Je levai les yeux vers Hound et croisai son regard coupable, semblable à celui d'un enfant pris en train de faire une grosse bêtise.

— Pourquoi tenez-vous tellement à me faire chanter ? explosai-je.

— Dis-moi comment tu as procédé pour pirater le système. Cette centrale est aussi sécurisée que la Maison-Blanche.

— Anticonstitutionnellement, répétai-je.

— Et pourquoi avoir voulu plonger la ville dans le noir ? Serais-tu une sorte de hippie, Dom ? Un fumeur de joints un peu taré, qui déclare son amour aux arbres et se nourrit exclusivement de muesli ?

Je lui crachai la même réponse pour la troisième fois, ce qui le fit virer cramoisi. Il était peut-être temps que je change de disque.

— Mais qu'est-ce que vous pouvez bien me vouloir, en fait ?

— Je veux que tu aides les gens à s'aider eux-mêmes.

L'incompréhension devait se lire sur mon visage car Hound se lança immédiatement dans des explications :

— La plupart de mes clients sont des gens bien, Dom. Des gens bien qui ont seulement dévié du droit chemin. Et mon boulot, c'est de les remettre sur ce droit chemin. Mais parfois, ils ont tendance à l'oublier. Ils oublient qu'ils sont convoqués au tribunal. Ou bien ils oublient de rembourser une dette. C'est pourquoi je dois les retrouver : pour le leur rappeler. Et leur faire retrouver le droit chemin.

— Mais je ne comprends toujours pas ce que j'ai à voir dans tout ça.

— Nous vivons dans un monde technologique, Dom. Tout est interconnecté. J'emploie les personnes les plus qualifiées, et pourtant Guzman ne t'arrive pas à la cheville.

— Guzman ?

— Mon expert en technologie.

— Mais pourquoi ne m'avez-vous pas tout simplement proposé de travailler pour vous ?

— Je ne sais pas, répondit Hound en haussant les épaules. Ça te dirait de travailler pour moi ?

— Pas vraiment. Mais nous pourrions peut-être trouver un arrangement. Donnant-donnant.

— Un échange de bons procédés, ça me va. Tu as déjà une idée en tête ?

Je lui fis part de ma demande tandis qu'il m'écoutait, enfoncé dans son fauteuil, les mains derrière la tête. Lorsque j'eus terminé, il déclara :

— Marché conclu, Sang Neuf.

— Sang Neuf ?

— Sang Neuf, répéta-t-il. Ton nouveau nom.

05. NITMICK

Mercredi, toujours aucun signe de La Dette ni de mon contrat suivant. *Arrête d'y penser*, me répétais-je en boucle. Mais cela ne faisait qu'empirer la situation. La seule chose à faire, c'était encore d'essayer de fixer mon attention ailleurs. Sur le demi-fond, par exemple. Et les championnats nationaux.

En classe, pendant que le professeur de maths palabrait sur Pythagore et son maudit théorème, j'étais plongé dans des calculs. Mon meilleur temps sur le mille cinq cents mètres était de quatre minutes une seconde et quatre centièmes, soit une vitesse moyenne de six mètres vingt et un par seconde. Sur le huit cents mètres, il était d'une minute cinquante-sept secondes et deux centièmes, soit une vitesse moyenne de six mètres quatre-vingt-trois par seconde. Donc, si je parvenais à maintenir ma vitesse du huit cents mètres sur le mille cinq cents mètres, je pourrais le terminer en trois minutes trente-neuf secondes et six centièmes !

Pendant le cours de SVT, alors que le professeur s'attachait à nous expliquer le cycle du carbone, je pensais plutôt à l'acide lactique. Lors d'un effort physique intense, le corps puise son énergie dans les molécules de glucose qui sont stockées dans l'organisme. Cela entraîne la production d'une substance appelée pyruvate qui, en l'absence d'oxygène, se transforme en lactate et augmente la teneur en acidité des muscles. Ce qui expliquait pourquoi j'avais toujours la sensation d'avoir les cuisses en feu après trois tours de piste.

En cours de littérature, j'écoutai attentivement ce que le professeur, Mr McFarlane, avait à dire au sujet de la forme poétique japonaise appelée haïku. Je me mis même au travail avec enthousiasme lorsqu'il nous donna dix minutes pour composer notre propre haïku.

— Vous avez sûrement quelque chose de merveilleux à partager avec nous aujourd'hui, Dom ? me lança-t-il d'un ton qui se voulait résolument sarcastique.

— Oui, justement, rétorquai-je en me levant, avant de déclamer :

Je cours le plus vite possible
Je cours je cours je cours vite
Le plus vite possible

Quelques ricanements fusèrent à l'issue de ma prestation, mais au même moment on frappa à la porte.

Un surveillant entra et tendit un papier à Mr McFarlane, qui tourna aussitôt les yeux vers moi.

— Dom, vous devez vous rendre immédiatement dans le bureau du principal.

Je me levai, conscient que tous les regards étaient braqués sur moi. Mes camarades se demandaient sûrement :

Dans quel pétrin Silvagni s'est-il encore fourré ? Ou encore :
*Pourquoi Silvagni ne fait-il que s'attirer des ennuis ces der-
niers temps, lui qui était un vrai petit modèle de vertu ?*

— Pourquoi est-ce que le principal veut me voir ?
demandai-je au surveillant qui m'accompagnait à travers
le couloir.

— Aucune idée, je ne fais que transmettre le message.

Mr Iharos, le principal-adjoint, nous attendait devant
son bureau. Il n'affichait pas un air qui laissait deviner
que j'avais de gros ennuis, alors je me détendis un peu.

Mais pas très longtemps.

Car, si ce n'était pas moi qui avais des ennuis, alors qui
d'autre ? À Grammar Coast, on n'avait pas pour habitude
de faire sortir des élèves de cours sans une raison valable.

— C'est ma famille ? Il s'est passé quelque chose ?
demandai-je.

— Tu ferais mieux de poser la question à ton oncle,
Dom, me répondit Mr Iharos.

Mon oncle ? Quel oncle ?

Mais avant que j'aie le temps de m'étonner de sa
réponse, mon oncle apparut dans l'encadrement de la
porte.

Mon oncle, qui portait un costume chic. Une montre
de luxe. Signes d'une richesse qui aurait tout à fait pu
le faire passer pour le frère de mon père. Un frère qui,
pourtant, n'existait pas.

Mon oncle, que je n'avais vu qu'une seule fois dans
ma vie : la veille, alors qu'il sortait du bureau de Hound.

Je fixai tour à tour cet individu et Mr Iharos. Les mots
ce n'est pas mon oncle se bousculaient sur ma langue. Mais
finalement, je me ravisai.

— J'espère que ce n'est rien de grave, me contentai-je de lui adresser.

— Nous en parlerons en chemin, me répondit-il avant de se tourner vers Mr Iharos. Merci encore de votre compréhension. David a vraiment pris la bonne décision en inscrivant ses enfants à Coast Grammar.

Alors que nous nous éloignions, il me murmura :

— Tu as tout bon jusqu'à maintenant, alors tu la boucles jusqu'à ce qu'on soit dehors.

J'obtempérai.

Le Hummer de Hound était garé dans une rue adjacente. Il ne faisait pas vraiment dans la discrétion. Mais j'éprouvais désormais un respect nouveau pour lui, car ce n'était pas donné à tout le monde de parvenir à faire sortir un élève de Coast Grammar en plein milieu des cours.

— Bon boulot, congratula-t-il mon oncle, qui poursuivit son chemin avant de disparaître dans un autre véhicule.

Je montai à l'arrière du 4X4.

Hound arborait son uniforme habituel : un t-shirt en résille noir qui laissait entrevoir des pectoraux monstrueux, des mitaines noires de cycliste et un bandeau noir autour de chacun de ses biceps tatoués.

— Voilà Guzman, m'informa-t-il en pointant du doigt un jeune homme assis à ses côtés. Mon expert en technologie.

Guzman devait avoir la vingtaine, mais il était minuscule. Dans une main, il tenait un gobelet de café provenant de chez Cozzi. Dans l'autre, un téléphone portable Styxx. La marque de prédilection de tout féru de technologie.

— Salut, ravi de te rencontrer, lançai-je en lui tendant la main.

Mais il m'ignora complètement, préférant me gratifier d'un regard de pure malveillance.

— Alors, prêt à décoller ? me demanda Hound.

— En fait, je crois que vous avez surestimé mes capacités, hésitai-je.

Guzman laissa échapper un ricanement moqueur.

— Foutaises ! s'exclama Hound. Tu as mis la main sur le Zolt, tu as hacké la centrale de Diablo Bay.

Il n'avait pas tort. Mais c'était différent. Tout cela, je l'avais fait pour La Dette. Là, il ne s'agissait que d'un stupide marché.

— Notre client, annonça Hound en me tendant un dossier cartonné. André Nitmick, aussi connu sous les noms d'Andrew Nitmick et Andy Mickets.

J'ouvris le dossier et découvris une photo de l'homme en question. Il n'avait pas les traits d'un criminel. On aurait plutôt dit le bassiste d'un groupe de heavy metal, les kilos en plus. Sous la photo se trouvait une copie de son casier judiciaire. Envoi de spams en masse, usurpation d'identité, fraude, et quelques infractions au code de la route.

— Il n'a pas vraiment l'air d'être l'ennemi public numéro un, lançai-je.

— Ne te laisse pas berner, c'est un lascar de premier ordre, répondit Hound. Ce rat ne s'est pas présenté au tribunal, et cela représente un max de blé.

Il jeta un regard noir à Guzman, comme si ce dernier avait une part de responsabilité.

— Je ne sais pas trop comment je peux vous aider, lui dis-je, essuyant un nouveau ricanement de la part de Guzman.

— Nous avons une idée assez précise de l'endroit où il se cache, poursuivit Hound. Ne reste plus qu'à le débusquer.

Guzman me fourra un ordinateur portable dans les mains.

— Tous les programmes dont tu pourrais avoir besoin sont déjà installés, dit-il. Brutus, RainbowCrack, PacketStorm, Ripper, Nmap, NetStumbler, WireShark.

Ces noms n'évoquaient rien pour moi, je n'avais absolument pas la capacité d'utiliser ces programmes. Pourtant, Hound ne me croirait pas. À ses yeux, j'étais le roi des pirates informatiques.

— Je suppose que Zátopek est installé lui aussi, lançai-je en lui donnant sciemment le nom d'un coureur tchèque des années 1950.

— Zátopek ? s'étonna Guzman. Jamais entendu parler.

— C'est vrai ? Tu n'as jamais entendu parler de Zátopek ? fis-je en feignant la surprise. Je reconnais que ce n'est pas le programme le plus simple à utiliser. Il s'adresse plutôt aux hackers de haut niveau.

— On doit bien pouvoir le télécharger sur internet, non ?

— Télécharger Zátopek ? répétai-je comme s'il s'agissait de l'idée la plus ridicule qui soit. Je l'ai sur mon ordinateur. Il va falloir aller le chercher chez moi.

Guzman commença à grommeler.

— Si le gamin dit qu'il a besoin de sa machine, on va chercher sa machine, point, objecta Hound en démarrant le Hummer.

Lorsque nous entrâmes sur l'autoroute, il alluma la stéréo et lui fit cracher du rap à un volume assourdissant.

Je pris alors conscience d'une chose. Je n'avais pas la moindre idée de ce dans quoi je me lançais. Je n'avais toujours pas reçu l'ordre de mon troisième contrat. Je passais du temps avec l'individu le plus flippant qu'il m'ait été donné de rencontrer. Et pourtant, en un sens, tout cela m'éclatait.

06. HAMEÇONNAGE

Je savais que ma mère ne se trouverait pas à la maison, vu qu'elle passait tous les mercredis dans l'organisation de bienfaisance dont elle était présidente, la Fondation Angel. Récupérer l'ordinateur ne devait donc pas poser de problème.

Hound stationna le Hummer à l'extérieur de Halcyon Grove, et je pénétrai seul dans le domaine pour chercher la machine. En arrivant devant la maison, je vis un van garé dans l'allée. La carrosserie affichait Komang Entretien Piscine. Je m'approchai encore et aperçus l'agent d'entretien occupé à ramasser les feuilles accumulées à la surface de l'eau.

Cette vision me fit l'effet d'un coup de poing.

L'agent d'entretien, c'était Seb !

Seb, mon ancien partenaire d'entraînement. Que j'avais recommandé auprès de Coast Grammar pour qu'il obtienne une bourse, mais qui ne s'était même pas donné la peine de venir à son entretien. Seb, qui m'avait piégé dans la forêt du Prêcheur, et que j'avais aperçu dans le van blanc qui nous avait poursuivis après les qualifications ratées pour les championnats nationaux. Je n'avais plus eu de nouvelles de lui depuis des lustres. Il avait même changé de numéro de téléphone. Et pourtant il se trouvait là, sous mes yeux, en train de ramasser les feuilles de ma piscine.

Non, c'est impossible, me répétai-je en boucle en approchant pour mieux voir.

Mais c'était bien lui. Pas de doute possible.

J'avais envie de lui hurler : *Seb, qu'est-ce que tu fous là ? Dégage de chez moi !*

Mais en fin de compte, c'était vraiment trop bizarre de le prendre comme ça, sur le fait. Alors, sans mot dire, je me précipitai à l'intérieur pour chercher l'ordinateur.

Quand je ressortis de la maison, Seb et le van avaient disparu.

— Une baraque là-dedans, ça va chercher dans les combien ? me demanda Hound lorsque je remontai dans le Hummer.

— Je ne sais pas trop, répondis-je en toute franchise.

— À la louche, un million ? Deux ?

— Je n'en sais vraiment rien, il faudrait demander à mon père.

Hound demeura pensif un moment avant de lâcher :

— Trop loin de l'eau à mon goût, de toute façon. Chez moi, la maison donne sur l'océan d'un côté, et sur un fleuve de l'autre.

Tandis que nous roulions, Hound ignorait royalement les indications que lui donnait le GPS du Hummer. En fait, il semblait même prendre un malin plaisir à faire exactement le contraire. Mais il fallait bien admettre qu'il connaissait Gold Coast comme sa poche et se sortait comme un chef de l'enchevêtrement de routes et d'auto-routes qui longeaient la côte.

En deux temps trois mouvements, nous nous retrouvâmes à Southport. Hound se gara en face de ce qu'il annonça être la tanière de Nitmick, un grand immeuble entouré de hauts murs et doté d'une entrée sécurisée.

— Pourquoi vous ne défoncez pas tout simplement sa porte, comme le font tous les flics dans les films ? demandai-je.

— Parce que nous ne sommes pas dans un film, gamin. Dans ce pays, les détectives privés n'ont pas les mêmes pouvoirs que la police. C'est à nous de la jouer plus fine.

Il tâtonna sous son siège pour en sortir une bombe de gaz lacrymogène, et poursuivit :

— Voilà tout ce que j'ai sur moi. Je ne suis même pas armé.

— Et vous êtes sûr que Nitmick est bien là ?

— Le tuyau qu'on nous a donné est en béton, répondit-il. Pas vrai, Guzman ?

— Oui, il est là, confirma Guzman.

— Ton boulot, c'est d'arriver à faire sortir ce rat pour qu'on lui mette la main au collet, reprit Hound.

— Mais vous êtes bien certain qu'il est connecté à internet ?

— Après avoir vu son casier, tu crois vraiment qu'il pourrait survivre sans ça ?

Bon point.

J'avais déjà été témoin des effets dévastateurs dus au manque d'internet, lors de vacances en famille sur une île perdue au beau milieu de l'océan Pacifique. La brochure précisait « Wi-Fi disponible », mais à notre arrivée, pas de connexion : rien d'autre que les vagues, le sable, et quelques cocotiers. Miranda nous avait assuré qu'elle s'en sortirait, mais nous l'avions vue s'affaiblir de jour en jour. Il nous avait fallu rentrer plus tôt que prévu pour que son calvaire prenne fin, qu'elle puisse retrouver le web et abréger ses souffrances en recevant une dose vitale de données numériques.

Hound voyait donc juste : si Nitmick était aussi accro que ma sœur, il était impensable qu'il n'ait pas accès à internet.

Je sortis l'ordinateur de mon sac à dos et le calai sur mes genoux.

— Il sort d'où, cet engin ? s'exclama Guzman. Je n'ai jamais rien vu de ce genre.

— C'est une édition limitée, prétendis-je.

— PC ou Mac ?

— Ni l'un ni l'autre.

— Il marche sur quel système d'exploitation, alors ?

— Linux, répondis-je, sans avoir une idée précise de ce dont il s'agissait vraiment.

— Ah, Linux, c'est cool.

— Laisse le gamin respirer un peu, intervint Hound en s'allumant une cigarette.

— Vous fumez ? m'étonnai-je.

— Seulement quand je suis stressé.

Stressé, vraiment ? Alors moi, que devais-je dire ?

J'ignorais si l'ordinateur allait fonctionner. Après tout, ce que je faisais là n'avait aucun lien avec La Dette.

Et jusqu'alors, j'avais toujours commandé cette machine vocalement, en prononçant les mots « ouvre-toi ». Mais pas question de le faire ici, surtout devant Guzman.

Je fermai les yeux et me concentrai sur cet ordre. *Ouvre-toi.*

Seulement, lorsque je les ouvris à nouveau, l'ordinateur était toujours fermé comme une huître. Et impossible de procéder autrement, comme avec une valise ou un ordinateur normal, que de l'on peut quand même arriver à ouvrir en tripatouillant la serrure ou le système de verrouillage. Là, rien à faire, l'ordinateur qui se trouvait devant moi demeurait scellé hermétiquement.

— Tout va comme tu veux ? s'enquit Hound avant de recracher un nuage de fumée par la vitre entrouverte.

J'acquiesçai puis fermai les yeux à nouveau. Toutes mes pensées convergeaient vers l'ordinateur, je me concentrais de toutes mes forces. *Ouvre-toi.*

Un déclic retentit soudain, à peine audible.

J'ouvris les paupières et, oh surprise ! la machine s'était ouverte et mise en route.

En voyant apparaître la liste des réseaux disponibles, je laissai échapper une exclamation d'étonnement.

— Que se passe-t-il ? questionna Hound, écrasant sa cigarette dans le cendrier.

— Il y a un sacré paquet de réseaux, dans le coin, répondis-je.

— Sans blague, grimaça Guzman.

— Tu vas t'en sortir, dit Hound, confiant.

Je parcourus la liste, m'efforçant de déterminer si l'un des réseaux pouvait être celui de Nitmick. Mais je ne tardai pas à me rendre compte que c'était complètement idiot.

Un hacker aguerri tel que lui n'allait évidemment pas choisir un nom de réseau bateau, du genre ANDRENET ou NITMICKWIFI.

En fait, il ne se donnerait même pas la peine de créer son propre réseau. Il se contenterait de pomper de la bande passante, en parasitant le Wi-Fi de quelqu'un d'autre. Et quoi de plus simple que de pirater un réseau non sécurisé ? Je me mis donc à étudier les réseaux correspondants.

Mais je ne tardai pas à penser que, là encore, je faisais fausse route.

Car pour un hacker de haut niveau, pirater un réseau sécurisé ne représentait finalement aucune difficulté. Cela pouvait prendre cinq minutes, tout au plus. Et garantissait que personne d'autre n'aurait accès à son ordinateur. Sauf un autre hacker d'élite, évidemment.

Je reportai donc mon attention sur les réseaux sécurisés. Il y en avait une centaine.

Comme la plupart des geeks, Nitmick devait avoir le besoin compulsif d'utiliser une connexion internet à très haut débit. Je cliquai donc sur SHIVANET, le réseau qui disposait de la bande passante la plus rapide.

Hound était plongé dans la lecture d'un livre, *Sept astuces pour devenir un détective privé efficace*. Guzman, de son côté, essayait de jeter un œil sur ce que je faisais.

Je me décalai légèrement, de sorte qu'il ne voie pas l'écran. Hors de question qu'il puisse se rendre compte que l'ordinateur me mâchait tout le travail !

Parmi les cinq ordinateurs connectés au réseau SHIVANET, un seul semblait actif. D'un clic, j'en clonai le bureau, qui apparut aussitôt sur mon écran.

Le propriétaire jouait à Second Life, ce qui ne me semblait pas être le genre de Nitmick.

Je retournai à la liste des réseaux et cliquai sur le suivant, MYWIFI. Un seul ordinateur y était connecté.

Son propriétaire racontait sur Facebook à qui voulait l'entendre qu'il s'était enfilé un sandwich jambon-fromage à midi. Avec beaucoup de moutarde.

Une fois encore, j'avais fait chou blanc. Nitmick ne pouvait pas être un tel loser.

Une heure et demie plus tard, j'avais épluché vingt-cinq ordinateurs sur onze réseaux. Ma cible demeurait introuvable.

Hound n'avait pas détaché les yeux de son livre. Quant à Guzman, il pianotait sur son téléphone.

Je clonai un énième bureau, et cette fois je remarquai un détail troublant : une petite lumière rouge surmontée des lettres REC clignotait en bas à droite, dans l'angle de mon écran.

Mais je n'y prêtai pas plus attention, captivé par ce qui se présentait sous mes yeux.

En guise de fond d'écran figurait une photo de Brock The Rock, champion d'UFC tout en muscles, qui posait les bras levés, l'air triomphant. Dommage pour lui : le bureau de l'ordinateur était si encombré que la multitude de fenêtres ouvertes faisait de l'ombre aux abdos d'acier du Rock.

Je ne connaissais qu'une seule autre personne capable de gérer autant de programmes ouverts à la fois : ma sœur Miranda.

Je parcourus du regard les différentes fenêtres.

Un logiciel de mots croisés.

Des images de vidéosurveillance, probablement piratées à partir du système de sécurité de l'immeuble. On apercevait le couloir. L'entrée principale. Le parking souterrain.

Un fichier PDF était ouvert. Une cinquantaine d'entreprises ainsi que leur adresse se trouvaient listées sous le titre « Fournisseurs de composants agréés ». En filigrane, on pouvait lire « Document confidentiel Styxx ».

Plus de doute possible : il ne pouvait s'agir que de Nitmick. Mais il me fallait encore une preuve tangible.

Je me rendis sur Internet Explorer, où un onglet Hotmail était déjà ouvert.

— Tu t'en sors, Sang Neuf ? s'enquit Hound.

J'aurais préféré qu'il me lâche un peu, avec cette histoire de Sang Neuf.

Je cliquai sur la boîte de réception et ouvris le message le plus récent, qui provenait de l'expéditeur eve2432.

Mon André chéri…

Bingo !

Mais avant de prévenir Hound, je voulais en avoir le cœur net.

Je parcourus donc les autres e-mails. À part eve2432, il n'y avait que deux expéditeurs différents : SheikSnap@hotmail.com et LoverOfLinux@hotmail.com.

Il s'agissait certainement d'un compte secret, connu de quelques personnes triées sur le volet.

La plupart des messages étaient cryptés, mais en recoupant les différentes informations, je parvins à me faire une idée de la situation. Et même s'il n'était pas question de fraude ni de braquage, j'avais le pressentiment que ce qu'ils tramaient tous les trois n'était pas très net.

Leur affaire semblait dépendre de la capacité de Nitmick à mettre la main sur la « liste Styxx », qui se trouvait apparemment dans les « bas-fonds ».

Le PDF contenant la liste des fournisseurs agréés me revint soudain en mémoire. Était-ce le document en question ? Nitmick avait-il donc finalement réussi à se le procurer ?

Les messages faisaient également mention du « Cerberus » que Styxx était en train de développer. Selon toute vraisemblance, il s'agissait d'un appareil technologique dernier cri. Mais était-ce un téléphone ? Du matériel d'espionnage ? Un dispositif de cryptage de données ? Impossible d'en savoir davantage. Quoi qu'il en soit, ce Cerberus allait « prendre des parts de marché à tous les principaux concurrents ».

Une fois la boîte de réception épluchée, je parcourus les messages envoyés.

Ceux adressés à eve2432, très nombreux, n'étaient que des déclarations d'amour dégoulinantes de mièvrerie.

Les autres e-mails, destinés à SheikSnap et LoverOfLinux, étaient écrits dans un langage codé incompréhensible.

Tout à coup, Nitmick — puisque tout portait à croire qu'il s'agissait de lui — se mit à taper un message pour eve2432.

Pixel, je t'aime tellement ma...

— J'ai trouvé Nitmick ! m'écriai-je.

— Il est chez lui, en ce moment ? demanda Hound en posant son bouquin.

— Oui.

— Alors il faut trouver un moyen de le faire sortir.

Visiblement, Nitmick était fou amoureux d'eve2432, et réciproquement. Par expérience, je savais que l'amour peut pousser les gens, même les criminels les plus paranoïaques, à faire n'importe quoi. Comme mettre le feu à la piscine des Jazy, par exemple.

J'exposai cette théorie à Hound.

Il rumina l'idée un moment puis finit par lâcher :

— OK, hameçonne-moi ce rat.

Hameçonner ? L'expression ne m'était pas inconnue, mais je n'avais aucune idée de la marche à suivre.

— Vous voulez que je l'hameçonne ? répétai-je, sans grande conviction.

— Oui. Tu vas lui envoyer un e-mail de la part de cette Pixel. Fais-lui croire qu'elle est en danger et qu'il doit la rejoindre sur-le-champ.

À cet instant, les nombreux programmes installés sur l'ordinateur de Guzman me revinrent en mémoire. Il devait forcément en avoir un dédié au hameçonnage. Et plus important encore : lui saurait s'en servir.

— Impossible de le faire depuis mon ordinateur, mentis-je.

— Et pourquoi ça ? s'enquit Guzman.

— Parce qu'on pourrait retracer mon adresse IP, répondis-je.

Guzman me lança un regard suspicieux.

— Allez, c'est toi qui t'en charges, Guzman, ordonna Hound. Le gamin a fait du bon boulot, déjà.

De mauvaise grâce, Guzman alluma son ordinateur portable et ouvrit un programme de hameçonnage appelé Nuclear Phishing. Je lui dictai l'adresse e-mail d'eve2432 puis le regardai taper un court message.

— J'envoie ? demanda-t-il, le doigt au-dessus de la touche entrée.

— Feu, ordonna Hound.

J'observai le déroulement des événements sur mon écran.

Nitmick était en pleine rédaction d'un message crypté à destination de SheikSnap@hotmail.com : *Si c'est le cas, Bolt a le numéro d'une « vague maldonne », en désordre, voisine du minuscule mont Phosphore.*

Le faux e-mail d'eve2432 arriva dans sa boîte. Il l'ouvrit aussitôt.

Sa réponse ne se fit pas attendre : *Pixel, tu as un problème ?*

Je vis son curseur cliquer sur le bouton *envoyer*.

Et si la vraie eve2432 était en ligne à ce moment-là ? Si elle lui répondait, le piège tomberait à l'eau.

— Vite, envoie un autre message à Nitmick, dis-lui de venir tout de suite, fis-je à Guzman.

Il s'exécuta.

Sur mon écran, je vis Nitmick ouvrir le message et envoyer une brève réponse : *J'arrive.*

— Il est en chemin, avertis-je Hound.

Dans sa précipitation, Nitmick avait laissé son ordinateur allumé. Je pouvais donc le suivre grâce aux caméras de vidéosurveillance.

— Il monte dans l'ascenseur.

— C'est du tout cuit, dit Hound. On lui met la main dessus dès qu'il pointe son nez dehors.

L'ascenseur atteignit le rez-de-chaussée. Les portes s'ouvrirent et Nitmick apparut.

— Il prend la sortie principale, indiquai-je.

Le rat avait quitté sa tanière et se dirigeait droit vers nous. Lorsqu'il arriva à hauteur du 4X4, Hound bondit devant lui. Nitmick avait beau être énorme, à force de rester chez lui à s'empiffrer toute la journée, il ne faisait tout de même pas le poids face au monstrueux Hound de Villiers.

Ce dernier lui passa les menottes et le traîna jusqu'au Hummer. Là, il ouvrit la portière arrière et le poussa à l'intérieur, à côté de moi. Je fus aussitôt frappé par une odeur insoutenable de transpiration.

Hound grimpa derrière le volant.

— Je suppose qu'il n'est rien arrivé à Pixel, grimaça Nitmick, en fixant Guzman d'un air accusateur.

— Elle se porte à merveille, pour autant que je sache, répondit Guzman.

Nitmick s'apprêta à riposter, mais Guzman le devança :

— Tu ferais mieux de la boucler maintenant, André.

Celui-ci obtempéra.

Mon sang ne fit qu'un tour. Selon toute vraisemblance, ces deux-là se connaissaient, et se connaissaient même très bien.

— Je n'aime pas avoir recours aux coups fourrés, mais tu ne nous as pas vraiment laissé le choix, André, expliqua Hound. Pourquoi ne t'es-tu pas présenté au tribunal ?

— Au tribunal ? répéta Nitmick en fusillant Guzman du regard.

— Oui, un grand bâtiment qui grouille d'avocats, rétorqua Hound. Ton audience avait lieu la semaine dernière.

— Qu'est-ce qui va lui arriver, alors ? intervins-je.

— Je crois bien qu'il va se retrouver derrière les barreaux, répondit Hound.

— Et il ne pourra pas être libéré sous caution ?

— Peut-être, mais pour ça il faudrait encore qu'il se tienne à carreau. Et qu'il ait les moyens de payer, ce qui est loin d'être le cas. Pas vrai, André ? Aucun de ses soi-disant amis ne serait prêt à débourser un centime pour lui. Quant à sa famille, n'en parlons pas. Ça fait des années que tout le monde lui a tourné le dos.

— Alors qui m'a piégé ? questionna Nitmick.

Son regard s'attarda sur Hound puis sur Guzman, avant de s'arrêter sur moi.

— Toi ?

Son petit ton dubitatif me fit partir au quart de tour.

— Oui, moi. Et estimez-vous heureux que je n'aie pas carrément bousillé votre disque dur, au passage !

— Tout doux, cow-boy, s'interposa Hound. Notre boulot, c'est d'aider les gens à reconstruire leur vie, pas à la détruire.

Il démarra le 4X4 et prit la direction de Gold Coast.

— Je devrais arriver à te ramener juste à temps pour ta dernière heure de cours, lâcha-t-il après un rapide coup d'œil sur sa montre.

— Vous plaisantez ? implorai-je.

Après cet après-midi de piratage, Coast Grammar était bien le dernier endroit où je voulais me retrouver.

— Celui qui ouvre une porte d'école ferme celle d'une prison, rétorqua Hound, imperturbable.

07. GOOGLE N'EST PAS TON AMI

De retour chez moi, je me précipitai sur internet puis tapai « Liste Styxx » sur Google, mais les résultats se révélèrent peu concluants.

Je partis à la recherche de Miranda et la trouvai dans le jardin, près de la piscine, occupée à pratiquer ses habituels exercices de tai-chi. Elle exécutait une position inédite : en équilibre sur une seule jambe, elle décrivait de grands gestes lents avec les bras.

— Impressionnant ! m'exclamai-je.

— J'appelle ça la position de l'émeu bourré. C'est moi qui l'ai inventée.

— Bien trouvé.

Je lui laissai le temps de terminer avant de me lancer dans le vif du sujet :

— Tu as déjà entendu parler de la liste Styxx ?

— Dom, tu es sûr que ça va ? D'habitude, ton seul sujet de conversation, c'est la course à pied… Serais-tu soudain devenu un vrai geek ?

— Je suis sérieux, ça te dit quelque chose ou pas ?

— Styxx, la marque de téléphones portables?

— Oui. J'ai cherché sur Google mais ça n'a rien donné, alors que je suis sûr que ça existe.

Miranda eut un sourire narquois, comme si elle me prenait pour son petit frère demeuré.

— Quoi?

— Arrête de croire que Google est ton ami, rétorqua-t-elle. Il ne te dit pas tout.

— Tu sous-entends qu'il existe bien une liste Styxx, mais que Google ne veut pas que j'en sache plus?

— Exactement.

— Google censure les résultats?

Miranda hocha la tête.

— Mais dans quel but? insistai-je.

— Pour protéger Styxx, c'est évident!

J'affichai un air peu convaincu.

— C'est logique, poursuivit-elle. Admettons que tu te trouves en Chine, et que tu tapes « comment s'enfuir de Chine » dans le moteur de recherche. Tu crois vraiment que Google va te fournir la liste complète des moyens de transport et leurs horaires de départ?

— On a accès à Google, en Chine? m'étonnai-je.

— Oui, on a accès à Google partout. Seulement, il ne fonctionne pas partout de la même façon.

— Bon, et toi, tu en as entendu parler, de cette liste?

— Non, mais je vais tâcher d'en savoir plus.

À cet instant, Seb apparut dans notre champ de vision, de l'autre côté de la piscine.

— Il est trop sexy! s'exclama Miranda.

— Qui ça? L'agent d'entretien de la piscine?

— Oui. Sexy et intelligent. Il a tout pour lui.

— Tu lui as parlé ? m'étonnai-je.

— Oui, Dom, je lui ai parlé. Les gens que nous employons sont doués de raison et capables de s'exprimer tout autant que nous, figure-toi.

— Et de quoi avez-vous parlé, alors ?

— De choses et d'autres, fit-elle, préférant jouer les mystérieuses.

Je la laissai reprendre son tai-chi et rebroussai chemin vers la maison. En longeant la piscine, je pus admirer la transparence de l'eau. Pas une feuille en vue. Seb faisait du bon travail, je devais bien l'admettre. Même si la situation était pour le moins étrange.

Lorsque je passai devant le local de la piscine, j'entendis un bruit inhabituel. Une sorte de bip électronique.

Bizarre.

Quand nous étions petits, il nous était formellement interdit d'entrer dans ce local. Ce qui n'était pas très étonnant : avec toutes les pompes, les appareils électriques et les produits chimiques qu'on pouvait trouver là-dedans, il y avait de quoi finir à la morgue. Du coup, à l'époque, je me disais que lorsque je serais plus grand et que j'aurais le droit d'y aller, je passerais tout mon temps dans ce local. Histoire de rattraper le temps perdu. Mais depuis, je n'y étais finalement allé que deux ou trois fois, tout au plus.

J'ouvris la porte. Au premier abord, je ne vis rien d'extraordinaire. Et pourtant, j'avais la sensation que quelque chose était différent.

J'inspectai la pièce plus en détail. Les pompes, le chauffe-eau, les tuyaux, les énormes containers où l'on stockait les produits de traitement de l'eau. Tout semblait normal. Puis mes yeux se posèrent sur le panneau de commande, constitué d'une multitude de boutons, d'interrupteurs et de cadrans.

Tout un enchevêtrement de fils et de câbles s'y croisaient. Pas la peine d'être électricien pour savoir qu'ils servaient à alimenter le local en électricité. Mais en y regardant de plus près, je remarquai l'un des câbles, bleu clair, qui avait un aspect plus neuf que les autres. Il courait jusqu'en haut du mur puis tout le long du plafond, avant de disparaître dans un trou.

Où est-ce qu'il va ? me demandai-je.

Je sortis du local pour examiner le toit. Ou plutôt, ce que je pouvais en apercevoir, puisque celui-ci était complètement plat, seulement percé çà et là de quelques bouches d'évacuation.

Déterminé à résoudre ce mystère, j'allai chercher une échelle dans la remise au fond du jardin.

Après l'avoir solidement calée contre le mur du local de la piscine, je grimpai jusqu'à ce que mes yeux se trouvent à hauteur du toit. Ce n'était toujours pas suffisant. Je montai encore plus haut et m'arc-boutai, les genoux en appui sur le dernier barreau de l'échelle.

Et là, je vis quelque chose.

Ce n'était rien qu'une petite boîte noire, mais elle semblait avoir été installée récemment. Le câble bleu clair y était relié.

À cet instant, j'entendis un bruit de pas. L'échelle se mit à osciller, me faisant perdre l'équilibre, avant de s'effondrer par terre. J'eus tout juste le temps de me raccrocher à la gouttière pour ne pas tomber. Je me retrouvai suspendu à trois mètres du sol.

Cela aurait suffi à me faire tordre la cheville ou casser une jambe, anéantissant du même coup tous mes espoirs de me rendre à Rome pour les Jeux mondiaux de la jeunesse.

Je m'agrippai des deux mains, mais mes doigts glissaient.

Puis, comme par miracle, je sentis quelque chose sous mes pieds.

Je jetai un coup d'œil en bas.

Seb tenait l'échelle.

— C'est bon, Dom, me lança-t-il. Je la tiens.

Je descendis lentement, m'assurant de la solidité de chaque barreau.

— Il s'en est fallu de peu, ajouta Seb. Heureusement que j'étais dans le coin.

Je ne savais plus quoi penser. Était-ce lui qui avait renversé l'échelle ? Ou bien s'était-il effectivement trouvé au bon endroit au bon moment ?

La voix de ma mère interrompit mes réflexions.

— Dom, tu es là ?

Elle apparut devant nous, en robe de soirée.

— Qu'est-ce qui se passe ici ? s'enquit-elle.

Toute une série de réponses me vinrent en tête. *Il y a une petite boîte noire bizarre sur le toit. L'agent d'entretien de la piscine a tenté de me tuer. Ma vie est un enfer.* Pourtant, une fois encore, j'optai pour un mensonge.

— Rien, je jetais seulement un œil là-haut, répondis-je en désignant le toit.

— Sur le toit ? Mais pour quoi faire ?

— Je cherchais des lunettes de plongée.

Ma mère adressa à Seb un petit sourire gêné, comme pour s'excuser d'avoir un fils un peu cinglé, puis elle se tourna vers moi :

— Ton père et moi sortons ce soir, je suis juste venue te rappeler notre virée shopping de samedi.

— Où est-ce que vous allez ? demandai-je.

Ce n'était pas mon habitude. En général, je me souciais assez peu des sorties et des fréquentations de mes parents.

— Chez Ron et Justine, répondit-elle, un peu surprise par ma question.

— Ron, tu veux dire Ron Gatto ?

— Exact.

Un souvenir ressurgit dans mon esprit, l'image de quatre hommes en costume que j'avais vus sortir d'une agence de Gold Coast Investissements quelques semaines plus tôt : mon père, Rocco Taverniti, Ron Gatto, et un homme aux cheveux gris, plus âgé, dont j'ignorais toujours l'identité.

■■■

Ce soir-là, j'avais décidé de regarder un film dans le salon. Miranda vint me rejoindre, armée d'un bol de popcorn, et s'installa confortablement dans un fauteuil.

— Tu regardes quoi ? me demanda-t-elle.

— *Le Parrain 2.*

— Ah, fit-elle.

Difficile de savoir s'il s'agissait d'une marque d'enthousiasme ou de déception. Après tout, son idole, Johnny

Depp, ne jouait pas dans ce film. Quoi qu'il en soit, elle se retrouva vite captivée par l'intrigue.

Puis, au moment du générique, l'air de rien, elle lâcha :

— Au fait, j'ai mené ma petite enquête sur cette liste dont tu m'as parlé.

— Ah oui ?

— Apparemment, elle aurait un lien avec le Cerberus, ce truc révolutionnaire et complètement top secret que Styxx serait en train de mettre au point.

— Ce truc ?

— Oui, parce que c'est ça, le plus bizarre : personne ne sait s'il s'agit ou pas d'un téléphone. En fait, personne ne sait si Styxx travaille vraiment là-dessus. Ils laissent planer le doute, c'est leur marque de fabrique depuis qu'ils ont fait leur apparition sur le marché. Mais c'est surtout pour concurrencer Apple, tu vois le genre ?

En vérité, je ne voyais absolument pas de quoi Miranda parlait, mais je lui adressai un petit sourire complice.

— Ça a l'air fascinant, en tout cas, poursuivit-elle. Selon certaines rumeurs, le Cerberus pourrait même fonctionner sous Linux ou un autre système d'exploitation libre.

Vu la façon dont Miranda en parlait, ce détail devait avoir son importance. Même si j'ignorais pourquoi.

— Wow, Linux ! fis-je, feignant l'enthousiasme. Ce qui veut dire que…

Heureusement pour moi, ma sœur mordit aussitôt à l'hameçon et se chargea elle-même de finir ma phrase.

— Qu'il sera incroyablement polyvalent. Les opérateurs n'auront aucun contrôle sur les applications installées.

— Tu veux dire qu'avec ce téléphone, on pourra faire fonctionner toutes sortes de programmes ?

— Quasiment tous ceux qui existent.

Ce devait être le rêve de tous les geeks. Je commençais à comprendre l'intérêt d'un tel engin.

— Donc Styxx serait en train d'y travailler, mais où ça ? demandai-je.

— Dans les Bas-Fonds. C'est comme ça qu'on surnomme leur centre R&D dans la communauté des hackers.

— R&D ?

— Recherche et développement.

— Et où est-ce qu'ils se trouvent, ces Bas-Fonds ?

Miranda haussa les épaules.

— Tu ne le sais pas ? insistai-je.

— Personne ne le sait. Il y a des gens qui prétendent que les Bas-Fonds sont cachés au beau milieu d'un désert. D'autres disent qu'ils se trouvent sur un navire ancré en pleine mer. C'est le secret le mieux gardé du monde informatique.

Pas vraiment, me dis-je en repensant aux échanges de mails de Nitmick.

— Mais ne va pas t'imaginer que c'est là-bas qu'on fabrique les téléphones, poursuivit Miranda. Au contraire, Styxx est connu pour brouiller les pistes en faisant fabriquer les pièces dans différents endroits avant de les assembler au dernier moment.

À cet instant, le PDF que j'avais vu sur l'ordinateur de Nitmick me revint en mémoire. La liste des fournisseurs de composants agréés par Styxx.

— Et qu'est-ce qui se passerait si quelqu'un mettait la main sur un Cerberus avant sa sortie officielle ? questionnai-je.

Miranda leva les yeux au ciel.

— Dom, si tu comptes devenir un vrai geek, tu as encore beaucoup de choses à rattraper.

— Je sais bien. Et c'est exactement ce que je suis en train de faire.

— Disons que si elles arrivaient à se procurer ce téléphone, toutes les usines de Taiwan se mettraient à en produire des copies. Le marché se retrouverait inondé par un raz-de-marée de Cerberus avant même la sortie de l'original.

— Donc le prototype du Cerberus représente beaucoup d'argent pour Styxx ?

— Quelle perspicacité ! railla Miranda.

— Des millions de dollars ?

— Des centaines de millions de dollars.

Je repensai à Nitmick. Était-il vraiment sur le point de copier le Cerberus et d'empocher un tel pactole ?

08. CERBERUS

Cela faisait des mois que ma mère me harcelait. « Dom, tes jeans ne sont ni faits ni à faire ! Tes vêtements ne te vont plus ! Tu grandis trop vite ! » En tout, elle avait dû planifier une centaine de journées shopping, mais je m'étais toujours arrangé pour y échapper.

Pas cette fois.

Ce samedi-là, je me retrouvai piégé.

Dès que je posai le pied dans la cuisine après mon entraînement habituel, elle me tomba dessus.

— On part dans une demi-heure, fit-elle, un trémolo inhabituel dans la voix. On va d'abord prendre le petit déjeuner au Caffuccino, et on ira faire les magasins ensuite.

— D'accord, maman, me résignai-je.

— Dans une demi-heure, Dom, martela-t-elle.

Comme elle n'avait pas envie de prendre la voiture, elle appela un taxi. Dès qu'il arriva, nous montâmes à l'arrière.

— Tu vois, ce n'est pas si horrible, me dit-elle en passant un bras autour de mes épaules.

Bon, pour l'instant j'étais bien obligé d'admettre qu'elle n'avait pas tort.

— Raconte-moi la fois où tu as tourné avec Al Pacino, lui demandai-je.

— Cette vieille histoire ? Mais tu l'as déjà entendue cent fois !

— Pas grave. Allez, raconte.

Alors qu'elle était encore très jeune, ma mère avait emménagé à Los Angeles pour tenter de percer dans le cinéma. Au début, elle arrivait à peine à joindre les deux bouts en animant des goûters d'anniversaire. Et puis sa chance avait tourné quand elle avait obtenu un rôle dans la série *Drôles de dames*. Après ça, les propositions s'étaient mises à affluer. Un beau jour, lors d'une audition pour un film, on lui demanda de faire un essai avec l'acteur qui jouerait le premier rôle, sans lui dire de qui il s'agissait. Et lorsque ma mère entra dans la salle, elle se retrouva face au grand Al Pacino en personne !

— J'avais un trac monstre. J'ai bien cru que j'allais rendre tripes et boyaux ! conclut-elle.

Après qu'elle eut tourné la scène, Pacino aurait déclaré à ma mère : « C'est fou ce que tu crèves l'écran, poupée. »

— Je peux voir la photo ? la pressai-je.

Elle leva les yeux au ciel, mais ouvrit son sac à main pour la chercher.

C'était une toute petite photo en noir et blanc. Ma mère n'avait pas encore vingt ans et elle irradiait de beauté. Une vraie star de cinéma.

— Je vous laisse là ? interrompit le chauffeur de taxi.

— Oui, très bien, répondit ma mère avant de ranger la photo.

Elle paya la course, récupéra son reçu, puis nous nous retrouvâmes sur le trottoir bondé. Une foule impressionnante faisait la queue pour entrer dans le café.

— Et si on allait au MacDo, plutôt ? suggérai-je.

Je n'avais rien avalé après mon entraînement matinal, et mon ventre criait famine. Pas question d'attendre des heures.

Mais ma mère n'était pas du genre à se laisser démonter aussi facilement.

— Attends-moi là, dit-elle avant de se frayer un chemin parmi la foule.

Quelques minutes plus tard, mon téléphone se mit à sonner. C'était ma mère !

— Tu peux venir. Je suis à l'intérieur, dans le coin, précisa-t-elle.

— Comment as-tu réussi à rentrer ? lui demandai-je en m'asseyant à sa table.

Elle pointa du doigt un homme au crâne rasé qui se tenait derrière le comptoir.

— Je connais Simon, le gérant. Il a été parrainé par la Fondation Angel.

Simon nous gratifia d'un sourire digne d'une publicité pour le blanchiment dentaire. Derrière la vitre, sur le trottoir, les gens qui attendaient de pouvoir rentrer me dévisageaient, l'air haineux. Difficile de leur en vouloir. Mais j'avais trop faim pour culpabiliser.

Après que le serveur eut pris notre commande, je me mis à penser à tous les gens que ma mère avait aidés grâce à son organisation de bienfaisance. Jamais elle n'aurait pu s'y consacrer aussi pleinement si mon père n'avait pas été une véritable machine à fric.

— Dis, maman, est-ce que papa avait déjà fait fortune lorsque tu l'as rencontré ?

Mais ma mère semblait avoir la tête ailleurs, occupée à balayer le café du regard. Je répétai ma question.

— Eh bien, quand nous nous sommes rencontrés, ton père avait déjà fait tout ce qu'il fallait pour assurer sa réussite future, finit-elle par répondre, évasive.

— Et toi, quand tu étais petite, est-ce que tes parents avaient beaucoup d'argent ? poursuivis-je.

J'ignorais pratiquement tout sur la famille de ma mère. Ce qui n'était pas si étonnant. Elle était fille unique, et ses parents avaient trouvé la mort dans un accident d'avion.

— Beaucoup d'argent ? répéta-elle, en m'adressant un regard interloqué. Non, Dom, nous ne roulions pas sur l'or.

À la table voisine, une famille prenait le petit déjeuner : un couple et leur fille, qui devait avoir mon âge.

Elle était belle. Dans le genre d'Imogen, avec tout ce qu'il fallait là où il fallait. Mais contrairement à Imogen, sa beauté manquait d'éclat, de fraîcheur. Elle affichait un regard vitreux. Peut-être était-elle malade, ou alors souffrait-elle d'un trouble psychologique. Comme moi avec ma coïmétrophobie[4]. Mais en pire.

Bizarrement, je n'arrivais pas à détacher mes yeux de cette fille. Même ma mère semblait s'intéresser à nos voisins de table, ce qui ne lui ressemblait vraiment pas. D'ordinaire, elle était toujours beaucoup trop accaparée

---

4. Peur des cimetières.

par ce qui se passait dans son petit monde pour prêter attention aux autres.

La fille n'avait pas touché à son assiette. Elle était complètement absorbée par son téléphone portable, l'un des tout derniers modèles Styxx. Ses parents essayaient tant bien que mal de l'inclure dans leur conversation.

— Ça t'avait plu d'aller à la montagne la dernière fois, non ?

— Et l'année dernière, quand nous sommes allés à Paris pour tes quinze ans, tu t'étais bien amusée ? Pas vrai, Anna ?

Anna détacha les yeux de son téléphone pour leur adresser un regard plein de mépris. Puis elle tourna la tête vers notre table, et nos regards se croisèrent.

Et allez, je vais avoir droit au même traitement que ses parents.

Mais étonnamment, non.

Bon, ce n'était qu'un regard. Mais je n'y décelai aucune trace de mépris. Plutôt de la tristesse, voire de la pitié. Cela me fit l'effet d'un choc électrique.

Avait-elle pu deviner quelles épreuves je traversais ? Pouvait-elle imaginer tout ce que je subissais à cause de La Dette ?

Le charme fut rompu lorsque le serveur vint apporter notre commande.

Mais alors que j'avais le nez dans mon assiette, j'entendis Anna déclarer :

— Je veux un nouveau Styxx samedi soir pour mon anniversaire. Je veux un Cerberus.

Un Cerberus ? Avais-je bien entendu ? Non, impossible.

— Un quoi ? demanda la mère d'Anna.

— C'est un téléphone portable, maman, lui répondit-elle.

— Mais, ma chérie, on vient juste de t'en acheter un nouveau, objecta son père.

— Je ne suis pas ta chérie, papa. Et je veux un Cerberus !

Cette fois, plus de doute possible. Elle l'avait crié assez fort.

Tous les clients du café avaient les yeux braqués sur eux, et les parents d'Anna ne savaient visiblement pas comment désamorcer la situation.

— Nous ferions mieux d'y aller, lâcha la mère d'Anna après avoir jeté un coup d'œil à la ronde.

— Pas avant que vous m'ayez promis que j'aurai un Cerberus, insista Anna, agrippée à sa chaise.

— Sois raisonnable, ma puce. Comment veux-tu qu'on te trouve ce téléphone, puisqu'il n'existe pas ?

— Grâce à lui ! s'écria Anna, en me désignant du doigt. C'est lui qui doit me trouver un Cerberus pour mon anniversaire !

La mère d'Anna m'adressa un regard navré avant de se lever.

— Allons-nous-en, fit-elle à son mari, qui avait déjà sorti sa carte bancaire pour régler la note.

Lorsqu'ils eurent quitté l'établissement, ma mère s'exclama :

— Pauvre gosse !

J'étais trop estomaqué pour répondre. Ce Cerberus, je n'entendais parler que de lui depuis quatre jours. Était-ce la troisième mission que me confiait La Dette ?

Les deux fois précédentes, les ordres que j'avais reçus étaient beaucoup plus clairs et directs.

Les paroles de Gus me revinrent alors en mémoire : trouver en quoi consiste exactement la mission, c'était déjà la moitié du travail.

— Dom, tout va bien ? s'inquiéta ma mère. Tu connais cette fille ?

— Oui, ça va. Non, je ne connais pas cette Anna.

Mais si je voyais juste, s'il s'agissait vraiment de ma nouvelle mission, alors il y avait de sacrées coïncidences que je n'arrivais pas à expliquer.

Par exemple, le fait que je me sois trouvé dans ce café pile au bon moment.

À moins que...

— Maman ? Pourquoi as-tu choisi ce café en particulier ?

Elle me fixa, l'air de ne pas comprendre ma question.

— Pourquoi on n'est pas allés chez Zellini, comme d'habitude ? la pressai-je.

Mais elle n'eut pas besoin de répondre, car à cet instant Simon s'approcha de notre table.

— Je suis content que vous ayez pu venir, dit-il à ma mère.

Je les laissai échanger quelques paroles, abandonnant mon inquisition.

La virée shopping qui s'ensuivit tourna au désastre, car je n'étais vraiment pas d'humeur à faire des essayages. Pour ne rien arranger, ma mère semblait toujours avoir la tête ailleurs.

— Dom, je crois que c'est peine perdue de faire les boutiques ensemble aujourd'hui, finit-elle par lâcher.

J'acquiesçai.

Elle sortit quelques billets de son portefeuille et me les fourra dans la main.

— Tiens, tu te débrouilleras mieux sans moi.

— Comme tu veux, répondis-je.

Bien que nous sachions tous deux que je ne dépenserais pas cet argent en vêtements.

Et là, ma mère me prit dans ses bras et me serra comme jamais. Elle n'eut pas besoin de dire quoi que ce soit. Je compris le message.

Je t'aime, Dom. Je t'aimerai toujours. Quoi qu'il advienne.

09. S POUR STYXX

La technologie de demain, dès aujourd'hui. Voilà ce qu'annonçait la façade de l'immense Styxx Megastore qui venait récemment d'ouvrir ses portes.

Les gens ne tarissaient pas d'éloges à son sujet. « Une prouesse architecturale », « le temple de la technologie », « aussi innovant et audacieux que les téléphones qui y sont vendus ».

Il faut dire que l'endroit était plutôt cool. On entrait dans un véritable cube de verre, avant d'emprunter un escalier en plexiglas qui menait à l'espace de vente situé au sous-sol. Le problème, c'est que c'était toujours bondé. Et pourtant le magasin restait ouvert vingt-quatre heures sur vingt-quatre, sept jours sur sept.

Je contournai un groupe de gamins surexcités. On pouvait désormais réserver des locaux dans la boutique pour y fêter son anniversaire. Et tout le monde voulait sa Styxx Party.

Je me dirigeai vers l'accueil, déjà pris d'assaut par une file d'attente interminable. Heureusement pour moi, je reconnus l'un des clients qui faisaient la queue : Bryce Snell. Nous avions fréquenté la même école primaire. À l'époque, on le surnommait La Tache, parce que son visage était constellé de taches de rousseur, certaines grosses comme des cornflakes. Évidemment, on ne s'amusait pas à le lui dire en face, car c'était une petite frappe spécialiste en brûlures chinoises. D'ailleurs c'était à cause de ça que j'avais commencé à courir : pour arriver à lui échapper. La dernière fois que je l'avais aperçu, il travaillait dans une pizzeria. À présent, il arborait un total look gangsta.

Je m'approchai de lui pour lui dire bonjour.

— Salut Bryce, ça fait un bail !

Il me toisa de haut en bas sans me répondre, mais je ne me laissai pas démonter pour autant.

— Dis-moi, Bryce, est-ce que tu accepterais de me vendre ta place dans la file ?

— Pour combien ?

Je sortis quelques-uns des billets que ma mère m'avait donnés.

— C'est pas une embrouille au moins, mec ?

— Non, je t'assure. Écoute, si tu n'es pas intéressé, je demande à quelqu'un d'autre.

Mais sans se faire prier davantage, il empocha l'argent et me céda sa place dans la file.

— Hé ! Vous n'avez pas le droit ! protesta une voix derrière moi.

Je fis volte-face et me retrouvai nez à nez avec un geek très énervé, affublé d'un t-shirt qui affichait le mot *gamer*.

— Vous ne pouvez pas acheter votre place dans la queue, continua-t-il.

— C'est pourtant ce que je viens de faire, rétorquai-je.

Pour être honnête, je n'étais pas forcément fier de moi. Cependant, j'avais des circonstances atténuantes. Ou plutôt une seule : La Dette.

— C'est déloyal, maugréa le gamer.

Je sortis un billet de vingt dollars de mon portefeuille et le lui tendis.

Il eut une grimace de dégoût, comme si je venais de lui offrir un abonnement à une salle de gym.

Alors j'ajoutai un second billet.

Et cette fois, oublié son beau discours moralisateur. Il n'eut aucune hésitation avant d'empocher l'argent. Deux minutes plus tard, je me retrouvai au comptoir d'accueil, face à une conseillère Styxx.

— J'espère que l'attente n'a pas été trop longue, dit-elle d'un ton mécanique.

— Non, ça allait, lui répondis-je.

— Que puis-je faire pour vous ?

— J'aimerais en savoir plus sur le Cerberus.

— Le Cerberus ? s'étonna-t-elle. Nous n'avons aucun modèle de ce nom. Vous devez être mal informé. Vous confondez peut-être avec le Typhon ou le Charon ?

— Non, je suis certain qu'il s'appelle le Cerberus.

Je perdais mon temps. Cette personne n'avait visiblement pas la moindre idée de ce dont je lui parlais.

— Bon, tant pis, me résignai-je. Merci quand même.

Je m'apprêtais à rebrousser chemin lorsque deux agents de sécurité me bloquèrent le passage.

— Veuillez nous suivre, s'il vous plaît, m'ordonna l'un d'eux.

— Pourquoi ? Qu'est-ce que j'ai fait ?

— C'est seulement la procédure d'usage, monsieur.

Ils me firent descendre à l'étage inférieur puis entrer dans une petite pièce qui n'avait pour seuls meubles qu'une table et deux chaises blanches.

— Asseyez-vous, me dit l'un des gardes. Quelqu'un s'occupera de vous dans quelques minutes.

Une fois seul, je parcourus la pièce du regard. Au plafond, une minuscule caméra surveillait le moindre de mes faits et gestes.

Au bout de cinq minutes, un homme et une femme entrèrent dans la pièce, tous deux vêtus du même uniforme : un pantalon noir et une chemise d'un blanc éclatant.

— Pourriez-vous nous présenter une pièce d'identité ? me demanda l'homme.

— Pas question, objectai-je. Je n'ai rien fait de mal, à part me renseigner sur l'un de vos téléphones.

Je les vis échanger un regard.

— Qui vous en a parlé ? s'enquit la femme.

— Je ne sais plus. Probablement l'un de mes amis.

— Et de quel modèle s'agit-il ?

Mes neurones se mirent à tourner à plein régime tandis que j'essayais de trouver un nom plausible.

— Du… Du Philippidès, finis-je par répondre, me remémorant la conversation que j'avais eue avec le professeur Chakrabarty.

— Philippidès ? répéta l'homme avant d'esquisser un sourire.

Difficile de l'en blâmer. C'était un nom ridicule pour un téléphone.

— Oui, c'est bien ça, insistai-je. Mon ami m'a assuré qu'il s'agissait du nouveau modèle qui allait sortir.

— Il semblerait que tout cela ne soit qu'un terrible quiproquo, reprit la femme. Nous allons vous offrir un bon d'achat et oublier toute cette histoire, d'accord ?

Je repartis donc de la boutique avec un bon de vingt dollars (voir conditions en magasin) et la certitude de l'existence du Cerberus.

Pouvait-il vraiment s'agir de la troisième mission que me confiait La Dette ? Mes deux contrats précédents n'avaient déjà pas été du gâteau, mais celui-là me semblait tout bonnement impossible.

Je me retrouvais partagé entre fébrilité et angoisse. Surtout angoisse.

Car comment étais-je censé mettre la main sur un téléphone qui n'existait pas concrètement, qui n'en était encore qu'à l'état de rumeur dans les tréfonds d'internet ?

10. NITMICK DERRIÈRE LES BARREAUX

Après les cours, ce lundi-là, je n'allai pas attendre à mon arrêt de bus habituel. Je marchais dans la direction opposée, pour me rendre à la prison, lorsque la Toyota Prius de Mr Ryan s'arrêta à ma hauteur, vitres baissées.

— Tiens ? Tu vas de mon côté aujourd'hui, Dom ?

— Oui.

— Alors monte, je t'emmène.

Le règlement intérieur de Coast Grammar interdisait pourtant formellement aux professeurs de prendre les élèves dans leur voiture. Mais les rapports que j'entretenais avec Mr Ryan étaient désormais passés un cran au-dessus : j'étais un criminel, et lui mon avocat.

— Où est-ce que tu vas ? me demanda-t-il.

J'aurais pu inventer n'importe quelle excuse, mais je commençais à me lasser de mentir constamment. J'optai pour la vérité :

— À la prison.

— Ah.

— J'y vais pour me renseigner, j'aimerais prendre un petit job là-bas pendant les vacances.

Encore un mensonge. Mais là, je ne pouvais pas faire autrement.

Mr Ryan ne répondit pas, trop concentré sur la route.

Lorsque la circulation devint plus fluide, il lâcha :

— J'ai un peu creusé le dossier Zolton-Bander. Et il y a vraiment quelque chose qui cloche dans cette histoire.

Il n'avait pas tort. Mais pouvait-il seulement imaginer à quel point...

Nous arrivâmes à destination et Mr Ryan me déposa devant l'entrée réservée aux visiteurs, surmontée d'un panneau : *Bienvenue au centre de détention de Gold Coast.*

Je gravis les marches et franchis les portes automatiques. À l'accueil, je pris un ticket. Numéro 264. Je levai les yeux vers le panneau d'affichage électronique. Il n'en était qu'au numéro 251, ce qui me laissait le temps de jeter un coup d'œil alentour.

Quoiqu'il n'y ait pas grand-chose à voir, à part une petite boutique qui vendait des produits de première nécessité comme du savon ou du dentifrice, ainsi que quelques magazines.

Lorsque mon numéro se mit enfin à clignoter sur le panneau, je m'avançai vers le guichet.

— Qui venez-vous voir aujourd'hui ? me demanda l'employée qui se nommait Jandyce, selon le badge épinglé sur sa poitrine.

— André Nitmick.

— Ah oui, fit-elle après un bref coup d'œil sur son écran d'ordinateur, c'est l'un de nos nouveaux pensionnaires.

— C'est exact, il est arrivé il y a quelques jours à peine.

— Avez-vous une pièce d'identité ?

Je la lui tendis.

— Vous êtes monsieur Borzakowsky ?

J'acquiesçai.

J'avais réussi à me procurer cette fausse pièce d'identité le jour même, pour seulement dix dollars, grâce à Bevan Milne.

— Vous êtes d'origine russe ? s'enquit Jandyce.

— Oui, en effet.

Peut-être aurais-je dû répondre en prenant un accent très prononcé, comme celui des méchants dans les films de James Bond.

Ou tout simplement acheter une fausse carte d'identité un peu moins russe.

Pourtant, cela sembla convenir à Jandyce, qui se mit à pianoter sur son clavier d'ordinateur.

— Asseyez-vous, dit-elle en me tendant un badge. On vous appellera lorsque ce sera votre tour.

Cinq minutes plus tard, une voix grésilla dans l'interphone : « Le visiteur pour André Nitmick. »

On me fit d'abord passer à travers un portique de sécurité, semblable à ceux que l'on trouve dans les aéroports.

— Avez-vous des objets métalliques sur vous ? Clés, boucle de ceinture ? demanda l'agent de sécurité.

— Non.

Et pourtant, lorsque je franchis le portique, celui-ci se mit à sonner. Je sentis tous les regards se braquer sur moi.

— Portez-vous une prothèse ? Un stimulateur cardiaque ?

— Pas encore, répondis-je sur le ton de l'humour.

Mais au regard que me jeta l'agent de sécurité, je compris que ma plaisanterie ne le faisait absolument pas rire.

— Veuillez vous avancer, nous allons procéder à un contrôle manuel.

Il entreprit de me balayer de la tête aux pieds avec son scanner, et l'appareil se mit à émettre une série de bips électroniques.

À cet instant, je me souvins qu'il m'était arrivé la même chose lors de ma visite à la centrale nucléaire de Diablo Bay : quand j'étais passé sous le portique, celui-ci avait sonné sans raison apparente.

Pourquoi les détecteurs de sécurité se déclenchaient-ils soudain à mon passage ?

— Avez-vous subi une quelconque opération ? s'enquit l'agent.

— Seulement l'appendicite.

L'agent me laissa pour échanger quelques mots avec son collègue, puis me fit signe d'avancer :

— C'est bon, vous pouvez y aller.

J'entrai dans la salle des visites. Au centre se trouvait une table : les détenus s'asseyaient d'un côté, les visiteurs de l'autre, le tout sous le regard impassible des gardiens.

Au bout d'une attente interminable, Nitmick fit enfin son entrée dans la pièce. Il se laissa tomber dans le siège face à moi, le regard noir.

— Je suis venu vous parler, monsieur Nitmick.

— Ça tombe bien, moi aussi, monsieur l'ordure, rétorqua Nitmick. Alors dis-moi, tu as lu tous les e-mails que j'ai envoyés à Pixel ? Ça t'a plu, hein ? Espèce de petite pourriture !

— Je suis désolé, je ne faisais qu'obéir aux ordres.

— C'est ça, obéir aux ordres. Tu sais que les nazis ont donné la même excuse ?

— Écoutez, chuchotai-je, je veux vous faire sortir d'ici.

— Mais c'est à cause de toi que je me retrouve là ! s'égosilla-t-il.

— Je sais bien, et comme je vous l'ai dit, je ne faisais qu'obéir aux ordres. Mais maintenant je me sens coupable, alors je veux vous aider.

— Et qu'est-ce que tu attends en échange ?

— En savoir plus sur les Bas-Fonds, répondis-je à voix basse.

— Tu me prends pour un idiot, ou quoi ? s'énerva-t-il avant de se lever et de me laisser en plan.

À quoi d'autre m'attendais-je ? Dès le départ, je savais que Nitmick n'était pas du genre à se laisser acheter aussi facilement.

Je quittai la salle des visites, mais alors que je traversais l'accueil la voix dans le haut-parleur appela « le visiteur pour André Nitmick ».

Je stoppai net. Une femme se leva et se dirigea vers le sas d'entrée des visiteurs. Elle portait une robe en velours, un grand châle, et un crucifix autour du cou. Ses yeux sombres étaient cernés de khôl noir.

Je la reconnus immédiatement.

Sa carte se trouvait dans mon portefeuille : *Eve Carides, numismate.*

C'était dans sa boutique que j'avais fait expertiser la pièce d'or que le Zolt avait jetée dans ma piscine. Une pièce qui s'était finalement révélée n'être qu'une copie, sans la moindre valeur.

— Eve Carides ? appela l'agent de sécurité. Monsieur Nitmick vous attend.

Pixel, c'était elle !

Elle disparut derrière la porte.

Puisque la durée des visites ne pouvait pas dépasser trente minutes, je décidai de l'attendre. Lorsqu'elle réapparut, elle pleurait à chaudes larmes, son mascara dégoulinant sur ses joues.

Je la suivis vers la sortie.

— Tenez, fis-je en lui tendant une poignée de mouchoirs en papier.

— Merci, répondit-elle en tamponnant ses yeux.

— Peut-être vous souvenez-vous de moi, je suis passé dans votre magasin il y a quelques semaines.

— C'était vous, le garçon qui avait une fausse pièce ?

— Oui, c'est bien moi. Écoutez, je crois que je peux faire sortir André d'ici.

Après une telle déclaration, je m'attendais à tout et n'importe quoi : étonnement, indifférence, voire rejet.

Mais sa réaction fut tout autre. Elle prit mes mains dans les siennes et articula :

— Alléluia ! Prions et rendons grâce à Jésus-Christ !

Je fermai les yeux tandis qu'elle prononçait sa prière dans un murmure.

— Merci, Seigneur Jésus, de m'avoir envoyé cet ange aujourd'hui, pour m'aider et me guider dans ces temps difficiles.

Puis, reprenant un ton normal, elle lâcha :

— Vas-y, dis-moi tout. Comment peut-on faire libérer mon homme ?

Alors je lui balançai tout sur la façon dont je pensais pouvoir faire sortir Nitmick.

— C'est un miracle ! s'exclama-t-elle après que j'eus fini.

— Mais n'oubliez pas qu'André devra me donner l'information dont j'ai besoin.

— Ne vous inquiétez pas pour ça. André fait tout ce que je lui dis.

Je sortis du centre et composai le numéro de Hound sur mon téléphone. Il répondit aussitôt.

— C'est moi, lui dis-je, Sang Neuf. Je suis à la prison. L'autre jour, vous m'avez bien dit que Nitmick pourrait être libéré sous caution ?

— Sans vouloir fanfaronner, Sang Neuf, s'il y a bien une personne qui peut faire sortir ce gros lard de prison par des moyens légaux, c'est moi.

— Dans ce cas, faites-le.

— Tu es devenu fou ? Pour quelle raison ?

— Si vous m'accordez cette faveur, on oublie le travail que je vous avais demandé de faire pour moi.

— De quel travail parles-tu ?

— Vous savez bien, au sujet du père de mon amie Imogen. Nous avions passé un marché, vous étiez censé enquêter sur sa disparition.

— Ah oui, bien sûr, dit-il d'un ton faussement convaincu. Mais de toute façon, ça ne me suffira pas. Figure-toi que réussir à faire sortir Nitmick sous caution, ça ne va pas être une mince affaire.

— Mais vous venez juste de me dire que si quelqu'un pouvait le faire sortir, c'était vous ! m'emportai-je.

— Oui, mais je n'ai jamais dit que ce serait du gâteau.

— Je pourrais encore travailler pour vous en échange, insistai-je. Guzman ne se débrouille pas trop mal, mais il ne m'arrive pas à la cheville.

Silence à l'autre bout de la ligne. J'avais fait mouche.

— C'est entendu, finit-il par déclarer. Si je fais jouer quelques relations, j'arriverai peut-être même à faire sortir Nitmick demain matin.

— Ce serait génial ! m'exclamai-je.

— Mais après ça, Sang Neuf, tu me devras une fière chandelle. Une sacrée fière chandelle.

11. *L'OCTOGONE*

Hound tint parole et fit libérer Nitmick sous caution le lendemain. Je m'empressai de passer un coup de fil à ce dernier pour convenir d'un rendez-vous.

— Et si nous nous retrouvions à la gare ? proposai-je.

— Pas possible, répondit Nitmick.

— Au milieu du fleuve ? On pourrait louer un bateau.

— Pas possible.

— Au centre commercial du quartier de Robina, alors ?

— Pas possible.

— Nitmick, nous devons nous voir pour parler. C'est la contrepartie de votre libération. Vous pensez que Pixel serait contente si vous retourniez en prison ?

Silence à l'autre bout de la ligne. J'avais touché le point sensible.

— La pauvre Pixel serait vraiment très contrariée, insistai-je.

— C'est bon, finit-il par lâcher, retrouvons-nous ce soir à la grande soirée d'UFC.

— Vous vous intéressez au combat ultime ? m'étonnai-je.

Avec ses bons cent cinquante kilos de gras, Nitmick n'avait vraiment pas le profil d'un champion.

— Bien sûr, comme tout le monde, fit-il. Et puis, toutes les conditions seront réunies : il y aura du monde, beaucoup de bruit, et c'est bien le dernier endroit où l'on s'attendrait à me trouver.

On, une occurrence relativement fréquente dans les propos de Nitmick.

On lisait tout son courrier.

On mettait sur écoute tous ses appels téléphoniques.

Parano comme il l'était, Nitmick s'imaginait sûrement qu'*on* le surveillait jusque sur la cuvette des toilettes.

■ ■ ■

— Tu es bien sûr que tes parents sont d'accord ? me demanda Luiz Antonio lorsque je montai dans son taxi ce soir-là.

— Absolument, lui dis-je.

En vérité, ma mère n'était pas d'accord du tout.

Déjà, elle détestait le combat ultime : « C'est un sport ignoble, le gouvernement devrait le faire interdire ! »

Elle n'appréciait pas le fait que je sorte un mardi soir : « Dom, tu as cours demain matin ! »

Ni que l'événement ait lieu dans un casino : « Un garçon de quinze ans n'a rien à faire dans un endroit pareil ! »

Ni que ce soit Luiz Antonio qui m'y accompagne : « Et qui est cet homme avec qui tu vas passer la soirée ? Ce chauffeur de taxi ? »

Heureusement, mon père avait volé à ma rescousse :

— C'est bon, ma chérie, je suis sûr qu'il y a une entrée séparée, Dom ne verra pas la couleur d'une table de jeu.

— Mais... avait-elle tenté de protester.

— Dom doit faire ce qu'il a à faire, avait coupé mon père, d'un ton sans appel.

Ils s'étaient dévisagés un moment, sans un mot. J'avais senti beaucoup de non-dits entre eux. Puis ma mère avait fini par capituler, se contentant de me faire promettre d'être prudent.

Tout au long du trajet qui nous conduisait vers le casino, j'aperçus des gens qui nous adressaient des signes de la main.

C'est fou ce que tout le monde est sympa ce soir, pensai-je, avant de prendre conscience du fait qu'ils ne faisaient que héler le taxi.

Luiz Antonio se gara sur le parking du casino, et nous rejoignîmes la foule qui se pressait à l'intérieur. Bien qu'elle fût en majorité composée d'hommes, je remarquai tout de même la présence de quelques femmes aux coiffures extravagantes et aux poitrines siliconées.

Soit mon père s'était trompé, soit il avait délibérément menti : il n'y avait pas d'entrée séparée pour la salle de spectacle. Nous empruntâmes le même perron en marbre et franchîmes la même porte d'entrée que pour accéder au casino. Ensuite, au lieu d'avancer tout droit vers la salle de jeu, il nous fallut tourner à droite puis monter au premier étage.

Je présentai nos billets à l'ouvreur, qui nous mena jusqu'à nos places.

C'est là que j'aperçus Nitmick, enfoncé dans son siège, une grille de mots croisés à la main, portant un t-shirt et une casquette à l'effigie de Brock The Rock. Je me sentis aussitôt soulagé : il ne m'avait pas fait faux bond.

Dès que j'eus fait les présentations et expliqué la présence de mon accompagnateur, Nitmick et Luiz Antonio se mirent à discuter des points forts de leurs champions respectifs. Le débat prit rapidement une tournure très technique. D'après ce que je compris, les deux combattants restaient à ce jour invaincus. Si la force de Brock The Rock résidait dans sa puissance de frappe, celle de Silva da Silva reposait sur son incroyable capacité à mettre son adversaire au sol.

Deux premiers combattants entrèrent dans la cage grillagée en forme d'octogone. Dès la fin du combat, un deuxième commença. Et je n'avais pas encore eu le temps de toucher le moindre mot à Nitmick.

Lorsque ce fut le tour du combat principal, et que Brock The Rock et Silva da Silva commencèrent à charger, tout le monde se mit debout pour leur hurler des encouragements.

— Arrache-lui la tête, Rock ! cria quelqu'un devant moi.

Au moment du troisième et dernier round, il y avait du sang partout : les deux champions étaient réduits à l'état de viande sanguinolente.

Nitmick avait le visage cramoisi et la voix enrouée à force de s'égosiller. Quant à Luiz Antonio, il était repassé au portugais, sa langue maternelle :

— *Matá-lo !* s'époumonait-il. *Matá-lo !*

Dans les dernières secondes de jeu, malgré leur état d'épuisement extrême, les deux hommes trouvèrent encore la force de s'envoyer de violents coups de poing. Quand la cloche retentit, annonçant la fin du combat, ils s'effondrèrent dans les bras l'un de l'autre, avant d'entreprendre un tour d'honneur d'un pas chancelant.

Dans la salle, tout le monde leur adressa un tonnerre d'applaudissements.

Puis l'arbitre annonça la décision finale des juges :

— Égalité !

Ce qui était apparemment une première dans l'histoire de l'UFC.

Nitmick et Luiz Antonio se donnèrent l'accolade, comme si c'était eux les champions qui venaient de se réduire mutuellement en bouillie.

Tout cela était bien sympathique. Sauf que je n'avais toujours pas pu m'entretenir avec Nitmick.

— Les Bas-Fonds, lui soufflai-je à l'oreille.

— Chez les hommes, répondit-il.

— Pardon ?

— Dans les toilettes des hommes.

Je l'y suivis.

Il y avait du monde, de la testostérone dans tous les coins, et deux mots sur toutes les lèvres : Quel combat !

Nitmick se plaça devant un urinoir et dégrafa son pantalon. Je n'eus pas d'autre choix que de l'imiter, afin de ne pas éveiller les soupçons.

— Alors comme ça, tu aimes les tartes aux pommes ? me demanda-t-il.

Les tartes aux pommes. Bien sûr. Nitmick aurait pu me donner rendez-vous n'importe où pour parler du

Cerberus. Dans un café, au centre commercial, ou même au beau milieu d'un lac. Mais non, je me retrouvais là, coincé dans des toilettes bondées qui puaient la pisse, tout ça pour parler de tartes aux pommes. Cela frisait le ridicule. Je haïssais vraiment Nitmick et sa paranoïa.

— Oui, j'aime les tartes aux pommes, répondis-je en entrant dans son jeu.

— La nouvelle sorte ? Celle que personne n'a encore goûtée ?

— Exactement.

— On ne la trouve pas encore sur les étals.

— Je sais. J'ai fait un tour au magasin l'autre jour. Les vendeurs s'énervent quand on leur demande.

— Tu m'étonnes, fit Nitmick en esquissant un petit sourire.

— Et donc, si c'est introuvable en boutique, où est-ce qu'on peut s'en procurer ?

Nitmick jeta un regard à la ronde pour s'assurer qu'aucune oreille indiscrète ne traînait, avant de me confier :

— Mieux vaut la faire soi-même.

— Vous êtes sérieux ? m'étonnai-je.

— Tout à fait. C'est beaucoup plus simple. En fait, ça ne nécessite que trois ingrédients basiques.

Trois ingrédients basiques ?

Je fis le compte dans ma tête : une coque, un écran, un circuit. Nitmick avait parfaitement raison. Je me remémorai ses échanges d'e-mails avec SheikSnap et LoverOfLinux, et l'impression que j'avais eue en les lisant que chacun d'eux était chargé d'effectuer une tâche bien précise.

— Et ces ingrédients, on peut les trouver facilement ? m'enquis-je.

— Plus ou moins.

À cet instant, le PDF que j'avais vu sur l'ordinateur de Nitmick me revint en mémoire : la liste des fournisseurs de composants agréés par Styxx.

— Bon, alors vous pourriez m'envoyer le document PDF ? Je veux dire, la liste des fournisseurs de tartes aux pommes.

— Écoute, gamin, je t'ai dit que je m'en fichais de faire de la prison. Mais c'était un mensonge. Cet endroit me donne des sueurs froides. Alors, maintenant que je suis dehors, je n'ai pas l'intention d'y retourner. Pixel et moi, on veut se marier, avoir des enfants. Je vais me trouver un vrai boulot. Peut-être dans la numismatique, qui sait. J'en ai fini avec le piratage. La délinquance, c'est fini.

— Mais...

Nitmick ne me laissa pas le temps de protester :

— Il n'y a plus de PDF. J'ai détruit mon disque dur.

Sur ce, il alla se laver les mains au lavabo, réajusta ses lunettes devant le miroir, puis me planta là, dans les toilettes.

Je rejoignis Luiz Antonio et nous regagnâmes son taxi. En voyant passer notre véhicule, bon nombre de gens se mirent à nous héler frénétiquement. Un homme sortit même une grosse liasse de billets de sa poche pour l'agiter dans notre direction.

— Si vous voulez prendre des clients, ça ne me dérange pas, dis-je à Luiz Antonio.

Cela le fit rire.

— Quand je suis arrivé dans ce pays, je ne refusais jamais un client. Mais depuis, j'ai appris qu'il faut savoir se reposer de temps en temps.

Il alluma la stéréo, qui se mit à diffuser une chanson que j'avais déjà entendue lors d'un précédent trajet. D'après ses explications, les paroles disaient que ceux qui n'aiment pas la samba ne devraient pas exister.

J'examinai sa licence collée dans l'angle du pare-brise. Sur la photo défraîchie, il portait les cheveux longs et une moustache en guidon. On aurait dit un membre des Eagles, ce vieux groupe un peu ringard que ma mère aimait bien.

— Est-ce que vous avez des enfants ? lui demandai-je.

— Trois, répondit-il. Et cinq petits-enfants.

— Ils vivent aussi en Australie ?

— Non, eux ils sont à Rio de Janeiro, *la cidade maravilhosa*. Moi je suis venu ici pour échapper aux abus de la police militaire. C'était plus prudent pour moi de fuir mon pays. Maintenant, je suis habitué à vivre ici, et ma famille s'est habituée à mon absence.

La chanson prit fin et une autre commença.

— De quoi parle-t-elle, cette chanson ? demandai-je.

— Elle dit que la joie ne dure qu'un temps, alors que la tristesse est sans fin.

Voilà qui était parfaitement approprié à la situation. Je repensai à Gus, qui avait perdu sa jambe. À Imogen qui ne m'adressait plus la parole. Et à La Dette. M'était-il seulement possible de mener ce contrat à son terme ?

— Je veux sortir d'ici, lâchai-je tout à coup.

— Mais…

— Laissez-moi là, Luiz Antonio, insistai-je. Je vous en prie.

Il arrêta le taxi. Je sortis.

Puis je me mis à courir, sans même savoir où j'allais. Courir, juste courir. Avaler des kilomètres.

Fuir toute cette tristesse sans fin.

12. AU CAFÉ COZZI

Cette nuit-là fut loin d'être reposante. Je n'avais pas arrêté de me tourner et retourner, de me battre avec les draps.

Toute une série d'images plus horribles les unes que les autres défilaient dans ma tête. Et en guise de bouquet final : ma jambe fraîchement amputée gigotait par terre tandis qu'un flot de sang giclait de ma cuisse.

J'ouvris les yeux, tremblant et couvert de sueur, et restai immobile tandis que la lumière matinale s'infiltrait dans ma chambre.

Lorsque mon iPhone se mit à cracher la sempiternelle complainte des Baha Men, je trouvai la force de sortir du lit pour mon entraînement habituel.

Mais ce matin-là, courir ne parvenait pas à me calmer l'esprit. Je n'arrivais pas à me défaire de mon cauchemar, de la vision de ma jambe amputée et du flot de sang.

Alors, dans la dernière ligne droite de mon parcours, je me mis à courir comme un dératé.

J'arrivai chez Gus complètement essoufflé, le visage rouge, prêt à me faire passer un sacré savon.

— Mais qu'est-ce qui t'a pris, bon sang ! aboya-t-il en étudiant les mesures prises par mon cardiofréquence-mètre. Ta fréquence cardiaque s'est carrément envolée !

— Ce truc est dégueu, me contentai-je de répondre en repoussant le bol d'ugali qu'il m'avait servi.

En vérité, j'avais toujours trouvé ça dégueu, mais je me faisais violence en pensant que c'était bon pour moi.

Sauf qu'aujourd'hui, je n'arrivais vraiment pas à me forcer.

— Je rentre, je vais aller prendre un vrai petit déjeuner, annonçai-je.

À la maison, je retrouvai ma mère dans la cuisine, devant le mixeur, occupée à se préparer une de ses affreuses concoctions. Carottes, betteraves, céleri, et une pincée de gingembre pour le goût.

— Tu n'as pas oublié le dîner de ce soir, Dom ? me demanda-t-elle après avoir bu une gorgée de sa préparation.

— Quel dîner ?

— Je t'en ai parlé deux fois déjà, rétorqua-t-elle, une pointe d'irritation dans la voix. Nous recevons quelques invités, des voisins pour la plupart. On regardera la demi-finale du concours *À vos marques, prêts, cuisinez*, on man-gera un morceau, et Toby nous fera goûter sa nouvelle recette de glace.

Évidemment, mon frère n'allait pas se priver de faire la démonstration de ses talents culinaires.

— Les Jazy seront là, avec Tristan, ajouta-t-elle. Les médecins lui ont conseillé de reprendre des activités normales.

— Pas sûr que manger de la glace goût thé vert-litchi soit considéré comme une activité normale, grinçai-je.

— Dom, tu n'es pas jaloux de ton petit frère, quand même ?

Moi, jaloux de Toby ?

Ma mère s'amusait-elle à jouer avec mes nerfs ? D'ailleurs, je n'avais toujours pas eu le fin mot de l'histoire sur ce qui s'était passé le samedi précédent, au Caffuccino. Ma mère avait-elle tout orchestré ? Était-elle liée à La Dette ?

Je la vis se figer. Elle serrait son verre si fort que les jointures de ses doigts blanchirent. Cela ne dura qu'un instant, avant que sa main ne retrouve sa couleur naturelle.

— J'aimerais juste qu'on passe tous un bon moment, conclut-elle en finissant de boire son breuvage.

— Je vais me préparer pour les cours, dis-je en me dirigeant vers l'escalier.

Mon téléphone se mit à sonner. C'était Hound.

— J'ai un boulot pour toi, m'annonça-t-il d'une voix crissante.

— Bonjour à vous aussi, Hound.

— Retrouve-moi au Café Cozzi à 9 heures 30.

— Impossible, j'ai cours ce matin.

— Débrouille-toi, lâcha-t-il avant de mettre fin à la communication.

Étonnamment, je me sentis soulagé. Il n'y avait pas entraînement ce jour-là, et j'avais déjà dans l'idée de sécher les cours. Hound venait de me donner une raison légitime de le faire. J'imaginais que le boulot qu'il avait évoqué ne me prendrait pas longtemps, la matinée tout au plus. Ensuite, je pourrais consacrer mon après-midi entier à La Dette et mon troisième contrat.

Pour cela, j'allais devoir ruser pour tromper l'administration du collège. Une fois de plus, car j'y étais déjà parvenu deux fois.

Je décidai de suivre exactement le même plan que la première fois.

Lorsque ma mère me déposa devant Coast Grammar, je fis mine d'avancer vers l'entrée, mais dès que sa voiture eut disparu de mon champ de vision, je fis semblant d'avoir oublié quelque chose et je revins sur mes pas. De là, je traversai la route en courant. C'était la partie la plus dangereuse de mon plan, car il me fallait slalomer entre tous les bus, voitures, camions, et autres véhicules lancés à pleine vitesse sur la quatre-voies.

Une fois arrivé de l'autre côté, je me précipitai vers le parc le plus proche et me cachai dans un buisson pour échanger mon uniforme contre des vêtements plus discrets.

Pour finir, je sortis l'ordinateur de mon sac.

— Ouvre-toi, ordonnai-je.

La machine s'exécuta. Une liste de réseaux Wi-Fi disponibles s'afficha sur l'écran.

Je double-cliquai sur GRAMMARNET.

Sans grande surprise, le réseau sécurisé nécessitait un mot de passe.

Aussitôt, un diablotin armé d'un trident surgit au centre de l'écran et exécuta une petite danse au-dessus de l'inscription : *Décodage du mot de passe*. Quinze secondes plus tard, un sourire apparut sur son visage : *mot de passe décodé*.

Des centaines d'ordinateurs étaient connectés au réseau de l'école, listés par ordre alphabétique. Je fis défiler la liste pour trouver celui de mon professeur principal, Mr Travers, puis fis une copie de son bureau.

Le cahier de classe informatisé était ouvert pour l'appel quotidien, et le professeur avait commencé à cocher le nom des élèves présents dans la classe. Albrechtson, présent. Betts, présent.

Quand vint le tour de mon nom, il laissa un blanc dans la case correspondante. Je m'empressai de corriger cette omission en cochant moi-même la case sans qu'il ne s'en aperçoive. Une fois sa tâche accomplie, Mr Travers cliqua sur le bouton *envoyer*.

À cet instant, un message automatique était envoyé aux parents des élèves absents.

Nos fichiers nous indiquent que votre fils/fille manque à l'appel aujourd'hui. Veuillez nous contacter dans les plus brefs délais afin de nous fournir une explication.

Mais grâce à mon petit subterfuge, ni ma mère ni mon père ne recevraient cette alerte sur leur téléphone portable.

Je m'apprêtais à me déconnecter lorsque mon attention fut attirée par la page Facebook de Mr Travers qui était ouverte.

Avec 524 amis au compteur, il n'était finalement pas le loser que je m'étais figuré.

Il venait de poster un message sur son mur :

Je m'ennuie à en crever. Si on m'avait dit que ce serait ça, ma vie… Des parents sont prêts à payer 30 000 $ pour envoyer leur progéniture dans cette usine à cons. Résultat des courses : on se retrouve avec des gamins cons comme des manches.

Wow. Mr Travers ne mâchait pas ses mots. Et une info de ce calibre pourrait toujours me servir en temps utile.

J'éteignis l'ordinateur et le rangeai dans mon sac avant d'aller attendre le bus qui m'emmènerait à Surfers Paradise.

D'ordinaire, je ne m'asseyais jamais sur la banquette du fond. C'était la place réservée d'office aux petites frappes et autres bad boys. Même lorsqu'elle était vide, ce qui était le cas ce jour-là, leur présence invisible m'empêchait toujours de m'y installer.

Mais après tout, j'étais bien en train de sécher les cours pour me rendre à un rendez-vous avec Hound au Café Cozzi, ce qui faisait de moi l'exemple même de l'élève rebelle. Pour une fois, je me sentis donc parfaitement en droit de m'asseoir sur la fameuse banquette.

Tandis que le bus roulait, j'eus une pensée pour tous mes camarades qui subissaient au même moment un cours de Mr Arvanitakis portant sur la photosynthèse.

Arrivé à destination, j'appuyai sur le bouton d'arrêt avec mon coude, puis sautai du bus avant l'arrêt complet, à la manière des bad boys. Je résistai toutefois à l'idée de cracher, tout comme eux, un bon gros mollard sur le trottoir.

Le Café Cozzi était très connu à Gold Coast, parce qu'on en faisait constamment mention dans les journaux. Mais pas dans la rubrique des bonnes adresses. Plutôt dans celle des faits-divers. « Une grande figure du banditisme abattue devant le Café Cozzi ». « Un suspect arrêté au Café Cozzi alors qu'il prévoyait l'importation de plusieurs tonnes de cannabis ».

L'endroit était minuscule et ne payait pas de mine. De vieux tabourets en bois étaient disposés autour de quelques tables sur le trottoir, de chaque côté de l'entrée.

Je m'engouffrai à l'intérieur, et croisai Guzman qui se dirigeait vers la sortie, un café à emporter à la main. Nous échangeâmes les politesses habituelles : il laissa échapper un grognement auquel je répondis par un regard noir.

Je m'avançai vers le comptoir et demandai :

— Vous faites des latte moka ?

— Non, ici on sert du vrai café. Pour tout le reste, il y a Starbucks.

— Bon, un expresso, alors. S'il vous plaît.

Il ne bougea pas d'un cil.

— Un triple, m'empressai-je d'ajouter.

Il esquissa un sourire et cria ma commande au barista dans une langue qui ne sonnait pas comme de l'italien, mais ressemblait plutôt à la langue que parlaient Saïd Aouita, Noureddine Morceli et Hicham El Guerrouj.

— Vous n'êtes pas italien, alors ? m'étonnai-je.

— Il y a une loi qui dit que seuls les Italiens ont le droit de faire du bon café ? aboya-t-il.

Décidément, j'aurais tout donné pour remonter dans le temps et effacer les cinq minutes qui venaient de s'écouler.

— Va t'asseoir, Snake t'apportera ton café, me dit-il avant de passer au client suivant.

Je sortis et m'installai sur l'un des tabourets en bois.

Un couple d'adolescents d'à peu près mon âge vint s'attabler juste derrière moi.

Je reconnus Brandon, le gamin des rues qui connaissait ma mère. Il avait maigri depuis les dernières fois que je l'avais vu, à l'hôpital, puis dans une salle de jeu de Surfers Paradise.

Les ravages de la drogue, déplorai-je en mon for intérieur.

La fille qui l'accompagnait avait le teint pâle, de grands yeux, et les cheveux courts, noirs, coiffés en bataille. On aurait dit un personnage de manga.

Je croisai leur regard.

À cet instant, Snake fit son apparition avec mon café. Il arborait la panoplie du parfait hipster : chemise à carreaux, jean slim, chaussures pointues et sac banane rétro.

— Voilà, amigo, ça va te redonner un bon coup de fouet, fit-il avant de sortir son smartphone et de se mettre à pianoter comme un fou sur l'écran.

— C'est le nouveau Styxx Charon ? m'enquis-je.

Il hocha la tête avec enthousiasme.

— C'est une petite merveille, je n'arrive plus à m'en séparer !

Mais il ne put m'en dire davantage, car on l'appela à l'intérieur du café pour aller servir une commande. Il fourra son smartphone dans son sac banane avant de s'éclipser.

Je reportai mon attention sur ma tasse et pris une gorgée de café. J'eus l'impression qu'une bombe avait explosé dans ma bouche. Le liquide, brûlant et amer, était tellement chargé en caféine que j'en tombai presque à la renverse.

Malgré ce choc, je vis passer le Hummer noir de Hound. Il se gara sur une place de stationnement interdit. Lorsqu'il sortit du véhicule, j'eus droit à une seconde explosion, d'ordre visuel cette fois : il portait un jean, une chemise en jean et une veste en jean pour couronner le tout.

À Coast Grammar, porter deux vêtements en jean en même temps était considéré comme un véritable crime vestimentaire, passible d'un bashing en bonne et due forme. Là, Hound en arborait une triple couche, et pourtant personne n'avait l'air d'y porter attention.

En revanche, tout le monde semblait le connaître et tenir à le saluer, que ce soit par une poignée de main secrète ou par une grande claque dans le dos.

Cela lui prit donc un certain temps pour arriver jusqu'à ma table.

— Tu t'es mis au vrai café, à ce que je vois, me lança-t-il en désignant ma tasse du doigt.

— Vous voulez que j'aille vous en chercher un ? Pour vous donner un bon coup de fouet ?

— Non, je ne supporte pas la caféine. C'est mauvais pour mes nerfs.

Snake fit de nouveau son apparition, une tasse de thé à la main, et la déposa devant Hound, qui en but aussitôt une petite gorgée.

Au même moment, deux hommes à la carrure imposante s'approchèrent.

— Hound, il faut qu'on parle, dit le plus grand des deux.

— Voici mon associé, Dom, fit Hound en se levant.

Je l'imitai et gratifiai les deux inconnus d'une poignée de main avant de me rasseoir.

Ils se mirent à discuter tous les trois, mais je n'arrivais pas à saisir grand-chose de leur conversation, si ce n'est qu'ils firent plusieurs fois référence à des prêts immobiliers, à Gold Coast Investissements, et à l'un de leurs associés qui s'était retrouvé complètement dépassé et subissait des pressions.

Hound conclut la discussion en les assurant qu'il allait creuser l'affaire, avant de leur serrer tour à tour la main.

Il y eut un flash.

Je fis volte-face et aperçus un homme, un pied sur le trottoir et l'autre sur la route, braquant un appareil photo vers nous.

Un second flash. Puis l'homme décampa, s'engouffrant dans une voiture qui attendait de l'autre côté de la route.

— C'était quoi, ça ? m'alarmai-je.

— La presse, répondit Hound. Pour la rubrique mondaine, ajouta-t-il en esquissant un sourire.

— Attendez, vous croyez qu'on me verra sur la photo ? m'alarmai-je.

Je séchais les cours, et je n'avais absolument pas besoin d'une telle publicité.

— Peut-être. Mais ne t'en fais pas, tu seras flouté.

Une fois les deux hommes en costume partis, Hound se rassit à ma table.

— Tu en veux un autre ? me demanda-t-il en désignant ma tasse du doigt.

Je déclinai. J'étais déjà une vraie boule de nerfs, pas la peine d'en rajouter.

— Alors, passons aux choses sérieuses, poursuivit-il. Je t'ai demandé de venir parce que je crois que Guzman essaie de me la faire à l'envers.

— Vous la faire à l'envers ?

— Je n'ai aucune preuve pour l'instant, c'est juste une intuition.

Il sortit un bout de papier et un stylo, puis nota trois numéros de téléphone.

— Ce sont les différents numéros de Guzman, expliqua-t-il. D'après ce que j'ai compris, il se sert surtout du dernier. Et voilà où il habite.

Je le vis écrire une adresse.

— Je veux que tu découvres ce qu'il trafique, Sang Neuf, dit-il avant de me fourrer le papier dans la main.

Puis, sans ajouter un mot, il se leva et regagna son 4X4.

J'étais scié. J'avais beau ne pas porter Guzman dans mon cœur, il n'était pas question que je me mette à fouiner dans ses affaires. Même si Hound disait vrai et qu'il cherchait réellement à le gruger, cela ne me regardait pas. J'avais d'autres chats à fouetter. Dans le pire des cas, Hound se vengerait en me livrant à la police ou en me passant à tabac. Ce n'était rien à côté de la menace de La Dette.

Je pris donc la résolution de concentrer tous mes efforts sur le Cerberus.

M'apprêtant à partir, je voulus récupérer mon sac que j'avais posé par terre. Mais il avait disparu. Tout comme Brandon et sa copine.

Je me précipitai à l'intérieur du café.

— On m'a pris mon sac ! hurlai-je à l'employé. Et je sais qui a fait ça !

— Eh bien il fallait peut-être faire plus attention, rétorqua-t-il.

Je faillis appeler la police. Mais outre le fait que je séchais impunément les cours, ce n'était probablement pas la meilleure idée.

Je préférai donc appeler Hound pour lui décrire précisément les deux voleurs.

— OK, laisse-moi passer quelques coups de fil, déclara-t-il.

Au bout de dix minutes, il m'envoya un SMS : *Ne bouge pas*.

J'obtempérai, et cinq minutes plus tard je les vis apparaître au bout de la rue. Brandon portait mon sac à l'épaule.

— C'est à moi ! m'emportai-je en m'avançant vers lui.

Mais pile à ce moment, il fut pris d'une quinte de toux déchirante qui le laissa pantelant.

— Du calme, lâcha la fille en mettant son bras entre lui et moi. On est revenus pour te le rendre.

Son ton était sans appel, presque menaçant.

— C'est bon, PJ, intervint Brandon. Je m'en charge.

Il déposa mon sac à mes pieds.

— On pouvait pas savoir que tu étais dans le réseau, dit-il comme pour excuser son geste.

Le réseau ?

— D'ailleurs, c'est quoi ce machin ? poursuivit-il.

— Quel machin ?

— Ce qui ressemble à une sorte d'ordinateur.

— Oh, ça… C'est juste un prototype, bredouillai-je.

Brandon resta planté devant moi, à me dévisager. Il donnait l'impression d'attendre quelque chose.

— Quoi ? lui lançai-je.

— Tu comptes pas nous dédommager pour ton sac ?

— Mais c'est vous qui venez de me le piquer ! m'écriai-je.

— Oui, mais on te l'a rapporté, insista-t-il.

— Ça va, Brandon, s'interposa PJ. Fous-lui la paix.

Elle arborait un sourire en coin, comme si elle s'amusait de cette situation. En même temps, il fallait bien reconnaître que Brandon ne manquait pas de culot.

Je fouillai dans ma poche, en sortis environ cinq dollars en petites pièces et les lui tendis.

— Ne te ruine pas pour nous, surtout, geignit-il.

PJ me lança un clin d'œil avant que tous deux ne me tournent le dos et s'éloignent.

Depuis combien de temps étaient-ils à la rue ? Au moins un an, d'après ce qu'avait dit ma mère. Si Brandon n'avait vraiment pas l'air au meilleur de sa forme, PJ, quant à elle, s'en sortait mieux. La rue semblait l'avoir endurcie.

J'ouvris mon sac pour vérifier que l'ordinateur n'avait pas été endommagé et, au même instant, je me fis une réflexion.

Nitmick m'avait dit avoir détruit son disque dur, et je n'en croyais pas un mot. Mais même s'il m'avait menti, je n'aurais aucun moyen de remettre la main sur le PDF de la liste Styxx : à présent, Nitmick devait être sur ses gardes, et avait dû prendre toutes les précautions nécessaires pour ne plus se faire hacker.

C'est là qu'un détail me revint en mémoire : la petite icône REC rouge que j'avais vue clignoter dans l'angle de l'écran de l'ordinateur de La Dette, le jour où j'avais hameçonné Nitmick.

Je retournai donc m'asseoir sur un tabouret du Café Cozzi, posai l'ordinateur sur la table et lui ordonnai mentalement : *Ouvre-toi.*

Et maintenant, où sont enregistrées les sessions précédentes et comment y accéder? me demandai-je.

Presque aussitôt, l'inscription *Sessions précédentes* apparut en haut de l'écran, au-dessus d'un tableau qui listait toutes les fois où je m'étais servi de l'ordinateur, à commencer par la toute première : le jour où j'avais cloné le bureau de l'ordinateur d'Imogen.

Je recherchai la session qui m'intéressait, celle du mercredi précédent. Du bout du doigt, je touchai l'entrée correspondante dans le tableau. Elle se mit en surbrillance. Je double-cliquai, et une nouvelle fenêtre surgit.

C'était une sorte de lecteur sur lequel figuraient les boutons lecture, stop, pause et rembobiner.

Je cliquai sur lecture.

Aussitôt, la liste des réseaux de l'immeuble de Nitmick apparut sous mes yeux.

Puis le bureau de son ordinateur.

Et enfin le document PDF qui listait les fournisseurs de composants agréés par Styxx.

Je mis le lecteur sur pause, le temps de recopier la liste sur un bout de papier, puis laissai courir la vidéo jusqu'au moment où Nitmick avait commencé à rédiger un e-mail destiné à SheikSnap, quelques minutes avant de se faire hameçonner.

Je pris soin de le recopier également :

Si c'est le cas, Bolt a le numéro d'une « vague maldonne », en désordre, voisine du minuscule mont Phosphore.

Ce message était codé. Je tentai de le déchiffrer, en combinant la première lettre de chaque mot. En vain. Je recommençai avec la deuxième lettre. Toujours rien.

Je le relus encore et encore.

*Si c'est le cas, Bolt a le numéro d'une « vague maldonne »,
en désordre, voisine du minuscule mont Phosphore.*

Et là, j'eus un éclair de génie : des définitions de mots
croisés !

Je ne connaissais que deux cruciverbistes acharnés.
Nitmick et le professeur Chakrabarty.

Impossible de demander de l'aide au premier, maintenant qu'il avait décidé de se ranger.

Il ne me restait donc qu'une solution.

Après tout, je n'avais plus rien à perdre.

13. MESSAGE CODÉ

Après un rapide saut chez moi pour déposer mon sac, j'attendis la fin des cours pour m'aventurer dans l'enceinte de Coast Grammar. C'était plus prudent, pensais-je, car ainsi la plupart des professeurs seraient déjà partis. Je me dirigeais à toute vitesse vers Poudlard lorsque la voix autoritaire de Mr Travers me coupa dans mon élan :

— Silvagni !

Et merde.

— Oui, monsieur ? fis-je en me tournant vers lui.

— Je n'ai pas eu le plaisir de vous voir en cours, ce matin. D'ailleurs, je vous ai même marqué absent lorsque j'ai fait l'appel.

— En effet, j'étais absent.

— Pourtant, en revérifiant la liste d'appel, j'ai eu la surprise de constater que vous étiez marqué présent.

— C'est très surprenant, monsieur.

Surtout pour un gamin con comme un manche.

— Absent mais présent, voilà un bien étrange paradoxe.

Mr Travers jubilait, autant qu'un chat qui s'amuse avec sa proie avant de la déchiqueter. Il ignorait encore que je détenais un dossier contre lui.

— Et que comptez-vous faire, monsieur ?

— Eh bien, je crains de n'avoir pas d'autre choix que d'en parler au principal.

— Si j'étais vous, je ne ferais pas ça.

— Pardon ? fit-il, stupéfait de ma menace.

— Je ne crois pas que monsieur Cranbrook apprécierait de savoir que vous qualifiez Coast Grammar d'usine à cons.

Mr Travers ne répondit pas, se contentant de me dévisager d'un sale œil avant de s'éclipser. En gagnant cette partie, je venais de me faire un ennemi de plus. Certes, il n'était peut-être pas aussi terrifiant que les autres, les Démons de la Terre, le milliardaire Cameron Jamison, ou encore la police du Queensland, mais il représentait une personne de plus dont il faudrait que je me méfie.

J'arrivai devant le bureau du professeur Chakrabarty et frappai à la porte.

— Entrez ! lança-t-il.

Je m'exécutai. De la musique pop résonnait dans la pièce. Je reconnus le dernier tube de Lady Gaga. Le professeur Chakrabarty faisait-il partie de ses fans ? Rapidement, je me rendis compte que cela provenait de son téléphone, qu'il avait mis en mode haut-parleur.

— Saleté d'opérateur ! pesta-t-il. Ça fait vingt minutes qu'ils m'ont mis en attente.

— Vous essayez de contacter Virgin ? Je peux repasser plus tard, si vous voulez.

— Non, non, Philippidès. Venez vous asseoir. Nous pouvons discuter en attendant.

C'était la première fois que je me rendais dans le bureau du professeur Chakrabarty, alors j'en profitai pour jeter un œil. Je m'attendais à y trouver des montagnes de vieux bouquins poussiéreux, des statues antiques, des amphores, voire des ossements.

Mais je ne vis rien de tout cela. L'endroit était plutôt spartiate.

Il y avait bien quelques livres, sagement rangés sur l'unique étagère de la pièce. Une paire d'haltères était posée dans un coin. Trois cadres trônaient au mur : une photo du Taj Mahal, une autre de Gandhi, et un cliché de la Terre vue de l'espace.

— Vous venez d'Inde ? demandai-je au professeur.

— Je suis né là-bas, en effet. Vous devez sûrement vous demander par quel chemin j'en suis venu à enseigner les lettres classiques en Australie.

Il avait parfaitement raison.

— C'est une longue histoire, reprit-il. Mais je doute que vous soyez venu pour cela. Alors, que puis-je faire pour vous, Dom ?

— Vous êtes féru de mots croisés, je crois. Peut-être pourriez-vous m'aider à déchiffrer cette définition ?

Je sortis le morceau de papier et le déposai sur son bureau.

— Cela ne coûte rien d'essayer, dit-il en se penchant pour l'examiner.

— Je pense savoir ce à quoi *si c'est le cas* fait référence, expliquai-je. Pour le reste, je crois qu'il s'agit d'une adresse.

Le professeur demeura pensif un moment.

— *Voisine du minuscule mont Phosphore*, voilà qui est intéressant, finit-il par déclarer.

— J'ai cherché le mont Phosphore sur Google, mais apparemment il n'existe pas.

Il se mit à sourire.

— Ce n'est pas à prendre au sens littéral, monsieur Silvagni. Les définitions de mots croisés sont toujours ambiguës, il faut réfléchir au second degré. Vous connaissez le tableau périodique des éléments chimiques ?

— Oui.

— Alors, que trouve-t-on à côté du phosphore ?

Bonne question. En répondant que je connaissais le tableau périodique, je voulais dire que j'en avais déjà entendu parler. Pas que je savais ce qu'il y avait à l'intérieur.

— Je vais chercher sur Google, dis-je en m'apprêtant à sortir mon iPhone de ma poche.

Mais le professeur Chakrabarty fut plus rapide que moi :

— Le soufre et le silicium, ou *silicon* en anglais. Et que trouve-t-on à côté d'une montagne ?

— Une vallée ?

Il m'adressa un sourire encourageant.

— Bien, et qu'est-ce que cela donne si on les combine ? dit-il en frappant ses deux poings l'un contre l'autre.

— La Silicon Valley ?

— N'oublions pas le *minuscule*.

— La minuscule Silicon Valley ? Ça n'existe pas !

— Encore une fois, vous restez trop littéral, monsieur Silvagni.

Je voyais très bien où il voulait en venir : il préférait me laisser chercher par moi-même au lieu de me donner directement la réponse.

Ce qui m'aurait pourtant bien arrangé.

— Vous ne pouvez pas simplement me… commençai-je.

Je n'eus pas besoin de finir ma phrase. La réponse me sauta aux yeux :

— Little Silicon Valley ! m'écriai-je.

C'était ainsi que l'on surnommait la zone située entre Brisbane et Gold Coast, siège de nombreuses entreprises spécialisées dans les technologies de pointe.

— Beau travail, dit le professeur. Et maintenant, passons à la suite.

Avec son stylo, il souligna *en désordre* :

— Il s'agit là d'un indice courant pour désigner une anagramme.

Il prit une nouvelle feuille de papier et recopia en majuscules les lettres qui formaient *vague maldonne.*

— Voyons voir si l'on peut trouver une adresse. Déjà, il n'y a pas les lettres de « rue » ni de « boulevard ».

— Je vois « avenue », lui fis-je remarquer.

— Ah oui ? dit-il avant de barrer les lettres correspondantes. En effet !

Je ressentis une pointe de fierté. Ce qui ne m'arrivait pas souvent dans l'enceinte de Coast Grammar.

— Essayons de trouver ce qu'on peut faire avec les lettres restantes, poursuivit le professeur.

— Mad Long ? tentai-je.

— Pas mal. Il y a aussi Goldman. Goldman Avenue ?

— On pourrait vérifier sur Google Maps si elle existe, proposai-je.

— Oui, on le pourrait. Mais essayons d'abord de tout résoudre avant de nous en remettre au professeur Google. *Bolt a le numéro*, continua-t-il. Voilà qui est moins facile.

Un nombre me vint immédiatement en tête : le record mondial d'Usain Bolt.

Non, ça ne peut pas être ça, me dis-je. *Ce serait beaucoup trop gros.* Même si, récemment, le coureur avait beaucoup fait parler de lui : suite à un faux départ, il avait été disqualifié lors des championnats mondiaux d'athlétisme.

Le professeur Chakrabarty affichait toujours ce petit sourire encourageant, alors je me lançai :

— Neuf secondes et soixante-douze centièmes. C'est le record mondial d'Usain Bolt sur le cent mètres, expliquai-je.

Ce qui était faux : car son vrai record était de neuf secondes et cinquante-huit centièmes. Mais je préférai garder pour moi cette information, et donc l'adresse exacte.

— Excellent travail ! s'exclama le professeur.

Il inscrivit 972 Goldman Avenue sur le morceau de papier puis me le tendit.

Je le remerciai et, une fois dehors, je m'empressai de barrer le 972 pour le remplacer par 958.

14. KIDNAPPING

Je hélai le premier taxi que j'aperçus. Il s'arrêta devant moi et je grimpai à l'arrière.

— Halcyon Grove, dis-je au chauffeur.

Je me calai confortablement dans mon siège, les yeux mi-clos, bercé par le son de la radio.

Une femme répondait aux questions d'un présentateur :

— *On y trouve quelques-uns des plus beaux sites de plongée de toute la côte Est, c'est donc une véritable honte qu'on y ait construit cette centrale nucléaire.*

Je compris aussitôt qu'elle parlait de Diablo Bay.

— *Ce projet de loi sera débattu au Parlement la semaine prochaine, quelle en sera l'issue selon vous ?*

— *Eh bien, vu l'ampleur qu'a prise la campagne visant à faire fermer la centrale, je pense que le gouvernement n'aura pas d'autre choix que d'écouter les revendications du peuple.*

— *Merci à vous. Chers auditeurs, n'hésitez pas à nous appeler pour exprimer votre avis sur cette question,* conclut le présentateur.

Lorsque j'ouvris les yeux, je me rendis compte qu'il y avait un problème.

— Hé, lançai-je au chauffeur. Je vous ai dit de m'emmener à Halcyon Grove !

Pas de réponse.

— Monsieur, vous m'entendez ?

Dans un bruit métallique surgit une vitre de séparation en plexiglas, isolant le conducteur de l'arrière du véhicule. Puis les portières furent verrouillées.

De toute la force de mes poings, je me mis à cogner contre le plexiglas et les vitres passager. En vain. J'étais pris au piège.

Le taxi filait sur l'autoroute, en direction du sud.

Impuissant, je me résignai à garder mon sang-froid et à réfléchir : qui pouvait bien vouloir me faire enlever ?

La Dette ? Non, cela n'aurait aucun sens. Les Démons de la Terre ? Non plus, la manœuvre était bien trop habile, loin d'être du travail d'amateurs. Hound de Villiers ? Je travaillais déjà pour lui, à quoi bon chercher à me kidnapper ?

Lorsque le chauffeur emprunta la sortie de Coolangatta, je focalisai à nouveau toute mon attention sur la route : il fallait à tout prix que je retienne le chemin.

Le taxi continua à rouler pendant dix-huit minutes et trente-cinq secondes avant de quitter la route principale pour s'engager dans un embranchement. *McCallum*, lus-je sur le panneau indicateur.

Je réprimai un sourire. Mes kidnappeurs n'avaient pas pensé à tout. J'avais visionné assez de films dans ma vie pour savoir que dans ce genre de situation on bandait les yeux de la victime, afin qu'elle n'ait aucune idée de l'endroit où on l'emmenait.

À cet instant, un sifflement vint interrompre mes considérations. L'arrière du taxi se chargea d'une épaisse fumée blanche, puis ce fut le trou noir.

■■■

Quand je repris connaissance, je me trouvais pieds et poings liés sur une chaise, au beau milieu d'une pièce vide dépourvue de fenêtre. Au plafond, deux rampes de néons projetaient une lumière crue.

La porte s'ouvrit et deux hommes cagoulés vinrent se poster devant moi.

Mon sang se glaça.

— Tu préfères qu'on t'appelle Dom ou Dominic ? me demanda le moins grand des deux.

— Je m'en fous, rétorquai-je. Qu'allez-vous faire de moi ? Me torturer ?

— Ce n'est pas dans nos habitudes, en Australie, répondit le second.

Sa voix me sembla familière.

— Dis-nous tout ce que tu sais sur l'or de Yamashita.

C'est exactement ce que je fis : je leur déballai absolument tout ce que je savais au sujet de ce trésor légendaire. Il s'agissait d'un butin pillé en Asie du Sud-Est par l'armée d'occupation japonaise pendant la Seconde Guerre mondiale. Et selon la rumeur, il aurait été caché à Reverie Island.

— Sais-tu où se cache Otto Zolton-Bander ? me demanda le premier, à la fin de mon récit.

— Non, je n'en ai pas la moindre idée.

Les deux hommes échangèrent un regard, et le plus petit fit un signe de la tête. Aussitôt, je ressentis une décharge électrique au niveau de l'aine.

— Vous avez dit que vous ne me tortureriez pas ! m'emportai-je.

— Non, j'ai seulement dit que ça ne faisait pas partie de nos habitudes.

— On va réessayer, intervint le plus petit. Où se cache Otto Zolton-Bander ?

Ils m'avaient prouvé qu'ils ne plaisantaient pas, et qu'ils n'auraient aucun scrupule à me torturer. Je voulais pouvoir leur dire où le Zolt se cachait, mais je l'ignorais. Je fus même tenté d'inventer une réponse, de leur dire n'importe quoi pour qu'ils me laissent tranquille. Mais je finis par lâcher la vérité :

— Je n'en sais rien, je vous le jure !

Je me préparai mentalement à recevoir une nouvelle décharge, mais elle ne vint pas.

Le plus grand fouilla dans ma poche et en sortit le bout de papier qui contenait l'adresse de Little Silicon Valley.

— C'est là qu'il se trouve ? questionna-t-il.

— Non, fis-je avant de leur expliquer clairement de quoi il s'agissait.

Pourtant, cela ne parut pas les intéresser.

— C'est bon, Dom, tu peux la boucler maintenant, me lança le plus petit avant de sortir de la pièce avec son collègue.

Il revint, seul, cinq minutes plus tard, un sac en toile de jute noire à la main. Il s'approcha de moi pour me le mettre sur la tête. Je me débattis vigoureusement pour l'en empêcher, persuadé qu'il comptait me liquider.

— Tu ne me rends pas les choses faciles, lâcha-t-il.

— Je sais, crachai-je en essayant vainement de lui mordre la main.

— Arrête ça tout de suite, sinon je vais être obligé de t'assommer.

Je me forçai à me calmer et le laissai me passer le sac sur la tête. Il me délia les poignets et les chevilles puis m'escorta jusqu'à une voiture.

— Tu te doutes qu'il en va de l'intérêt de chacun que tu gardes cette petite histoire pour toi, me glissa-t-il.

Je compris aussitôt qu'il n'avait pas l'intention de m'exécuter pour s'assurer de mon silence.

Et c'est là que je reconnus enfin sa voix : c'était Cameron Jamison ! Le milliardaire peu scrupuleux qui avait retenu prisonnier son propre filleul, Otto Zolton-Bander dit le Zolt, et avait exploité la légende qui l'entourait afin d'en faire un véritable filon commercial.

Je me gardai bien de lui faire savoir que je l'avais démasqué.

Nous roulâmes pendant une bonne demi-heure. Au début, j'essayai de garder tous mes sens en alerte afin de capter le moindre détail pouvant m'indiquer où je me trouvais. Par exemple, le chant distinctif d'un oiseau qui ne niche qu'à un endroit bien précis de la région de Gold Coast. Le genre d'indices tout droit sortis d'un roman de Sherlock Holmes.

Puis, à défaut de trouver quoi que ce soit, je finis par me lasser et m'enfonçai dans mon siège, tâchant de me détendre.

Lorsque la voiture s'arrêta, je sentis la portière s'ouvrir et une grosse voix me lança :

— Tu descends là.

Je sortis du véhicule, qui démarra aussitôt dans un grand bruit de moteur, et me débarrassai du sac que j'avais sur la tête. Je vérifiai ensuite mes poches. Mes ravisseurs n'avaient pas touché à mon iPhone ni à mon portefeuille.

En jetant un coup d'œil alentour, je reconnus immédiatement l'endroit où l'on m'avait déposé : derrière le centre commercial du quartier de Robina.

Trois gamins à l'allure miteuse me dévisageaient avec des yeux ronds. L'un d'eux tenait un énorme paquet de nounours gélifiés à la main.

— C'était quoi, ce truc sur ta tête ? me demanda-t-il.

— J'ai été enlevé et torturé, expliquai-je.

Cela ne leur fit ni chaud ni froid.

— Tu pourrais me donner quelques bonbons ? réclamai-je, réalisant tout à coup que j'étais affamé.

— Tiens, sers-toi, dit-il en me tendant le paquet.

J'en pris une poignée que je fourrai tout entière dans ma bouche, avant de prendre la direction de l'arrêt de bus.

Une fois à bord, installé sur la banquette du fond, je pris le temps de repenser à tout ce qui venait de m'arriver. On m'avait enlevé, torturé à l'électricité, mis un sac sur la tête, avant de finalement me relâcher. Un simple accroc dans le déroulement de mon après-midi.

Le bus fit un arrêt et une mère de famille monta, un enfant dans chaque bras. Elle les installa sur une banquette et redescendit pour chercher la poussette restée sur le trottoir. Les enfants se mirent à pleurer. Comme personne ne se décidait à lui donner un coup de main, je me levai pour l'aider à monter la poussette. Elle me remercia tandis que je regagnais ma place de bad boy à l'arrière du bus.

C'est là que la réalité me frappa de plein fouet. Non, ce qui venait de m'arriver n'était pas qu'un simple incident. J'avais subi un violent interrogatoire.

Selon toute vraisemblance, beaucoup de gens savaient que j'avais un lien avec le Zolt.

Et certains d'entre eux semblaient persuadés que le Zolt savait où se trouvait l'or de Yamashita. Un trésor inestimable. Du coup, ce n'était pas si étonnant qu'on me soupçonne également de détenir des informations sur ce sujet.

Et c'était une raison suffisante pour enfiler une cagoule, kidnapper un ado de quinze ans, et recourir à la torture pour le faire parler.

Mais alors, pourquoi ne pas m'avoir tout simplement fait disparaître ?

Peut-être que mes ravisseurs voulaient simplement me briser psychologiquement.

Ou alors disposaient-ils d'autres moyens pour obtenir les informations qui les intéressaient.

Deux précautions valant mieux qu'une, je sortis mon iPhone et lançai l'application anti-spyware mise au point par Miranda.

Bingo !

Mon téléphone se trouvait bel et bien infecté : un programme du nom de Spyware Killer y avait été installé. D'après l'application de ma sœur, ce programme jugé *indésirable* représentait une *menace très élevée*.

Une boîte de dialogue s'afficha : *Voulez-vous supprimer ce programme ?*

J'hésitai quelques instants, pour finir par cliquer sur *Oui*. J'avais déjà bien assez de gens sur le dos, occupés à me surveiller.

15. LITCHI

J'ignorais si c'était à cause du gaz utilisé pour m'endormir, de la décharge électrique, ou bien de la poignée de bonbons que j'avais ingurgitée, mais je ne me sentais pas dans mon assiette en rentrant à la maison. Mon estomac n'arrêtait pas de gargouiller, et mes jambes semblaient peser une tonne.

Dans ma poche, mon portable vibrait sans cesse, mais je n'avais absolument pas le courage de répondre. *Un bain chaud et au lit*, me répétais-je pour me motiver.

Lorsque j'ouvris la porte d'entrée, je fus accueilli par un concerto pour cordes. D'ordinaire, ma mère écoutait plutôt de vieux groupes américains, comme les Eagles ou les Beach Boys. Elle ne mettait de la musique classique que lorsqu'on recevait du monde…

Et merde. La soirée de ma mère. Ça m'était complètement sorti de l'esprit.

Quelques invités viendraient regarder la demi-finale d'*À vos marques, prêts, cuisinez* avant de manger un morceau, m'avait assuré ma mère.

Je traversai le rez-de-chaussée jusqu'à la terrasse et vis des dizaines de personnes se bousculer autour de la piscine, tandis qu'une armada de serveurs se pressaient autour d'eux pour leur offrir champagne et petits-fours.

Ma mère avait vu les choses en grand, apparemment.

C'est alors qu'une fille s'approcha de moi. Perchée sur des talons hauts, elle portait une robe scintillante et ses cheveux étaient relevés en chignon.

Qui c'est, celle-là ? me demandai-je avant d'identifier la personne en question : ma geek de sœur, qui ne se mettait habituellement jamais sur son trente et un.

Pourquoi s'était-elle habillée comme ça ?

La réponse ne se fit pas attendre : à trois pas derrière elle, vêtu de blanc des pieds à la tête, je reconnus notre nouvel agent d'entretien de la piscine.

— Tu connais déjà Seb ? me lança Miranda, rayonnante.

Elle avait donc réussi à lui mettre le grappin dessus.

— Seb, tu connais mon petit frère Dom ? ajouta-t-elle en m'ébouriffant les cheveux, ce qu'elle ne faisait absolument jamais.

Décidément, Seb faisait vraiment un drôle d'effet sur ma sœur.

— Où est-ce que tu étais ? me demanda-t-elle. Maman t'a appelé au moins cent fois !

Ma mère, qui m'avait aperçu, se dirigeait justement vers nous. Vu son pas déterminé et l'expression de son visage, j'allais passer un sale quart d'heure.

— Des gamins m'ont agressé, confiai-je à Miranda.

— Des gamins t'ont agressé ? répéta-t-elle, pile au moment où ma mère nous rejoignit.

Cela eut l'effet d'une bombe.

— Dom, mon pauvre chéri! fit-elle, sa colère fondant comme neige au soleil. Tu es blessé?

— Non, je vais bien.

En chemin vers la piscine, je leur racontai ma version de l'incident : je marchais tranquillement dans la rue, quand une bande m'avait soudain accosté pour tenter de me voler mon portefeuille et mon téléphone. Parmi eux se trouvait Brandon, que ma mère avait déjà essayé d'aider. Heureusement, j'étais parvenu à les repousser.

Même si ça ne tenait pas debout, ma mère et ma sœur semblèrent me croire.

D'ailleurs, Seb renchérit :

— Apparemment, ce genre d'affaire arrive de plus en plus souvent, ces derniers temps.

Ce n'est que lorsque je me retrouvai seul avec ma mère que je me mis à avoir des doutes. N'avait-elle pas gobé toute l'histoire un peu trop facilement ? Son fils venait de se faire agresser, et pourtant l'idée de prévenir la police ne lui traversait même pas l'esprit ? Une fois encore, j'en vins à me demander si elle n'avait pas un lien avec La Dette.

Mais la journée avait été longue, et je ne me sentais pas le courage d'approfondir le sujet.

Un bain chaud et au lit, voilà tout ce que je demandais.

— Maman, je suis vraiment obligé de passer la soirée avec vous ?

Bon, il fallait bien reconnaître que ce n'était pas très intelligent de ma part.

Ma mère se contenta de me fixer d'un regard cinglant, qui en disait plus long que des mots.

— D'accord, alors laisse-moi juste le temps de me rafraîchir, me résignai-je, empruntant l'une de ses expressions fétiches.

Je montai donc prendre une douche, en essayant de me persuader que c'était à peu près aussi relaxant qu'un bain, sauf qu'on restait à la verticale au lieu de se mettre à l'horizontale, et qu'il y avait juste un peu moins d'eau.

Cela eut l'air de fonctionner, puisque je me sentais un peu mieux en sortant de la salle de bains.

Pendant que je m'habillais, mon téléphone émit un bip.

Un message de Hound. *Appelle-moi !*

Je l'appelai aussitôt.

— Alors, Sang Neuf, où en es-tu avec Guzman ?

— J'y travaille.

— Bien, bien. Figure-toi que son comportement est de plus en plus suspect. Ah, et Nitmick est passé au bureau pour pleurnicher un coup.

Rien de surprenant là-dedans. Nitmick passait son temps à geindre. Sauf lorsqu'il regardait Brock The Rock mettre la branlée à son adversaire.

— Il dit qu'on lui a piraté son ordinateur, poursuivit Hound.

— C'est exactement ce qu'on a fait, non ?

— Non, pas cette fois-là. C'est arrivé après que j'ai eu la stupidité de faire sortir ce gros lard de prison.

Parano comme il était, Nitmick avait sûrement pris ses précautions. Alors réussir à pirater son ordinateur n'avait pas dû être une mince affaire. Le vrai coupable ne pouvait être qu'un hacker de haut vol.

— Je n'y suis pour rien, en tout cas, fis-je savoir à Hound. Désolé, mais je dois raccrocher.

— N'oublie pas Guzman, OK? martela-t-il. J'ai besoin de savoir ce qu'il mijote.

Quand je rejoignis les invités au rez-de-chaussée, l'émission *À vos marques, prêts, cuisinez* avait déjà commencé et en était à la présentation des candidats.

Lorsque ce fut le tour de mon frère, nous nous mîmes tous à l'acclamer.

— Que tout le monde croise les doigts pour Toby! brailla ma mère, en le gratifiant d'un regard débordant de fierté.

L'émission avait été enregistrée quelques jours plus tôt, et même si Toby était tenu au secret, il me paraissait assez clair qu'il n'allait pas rester assis là, tout fier de lui, s'il n'avait pas été sélectionné pour la finale.

D'ailleurs, ma mère ne se serait pas donné la peine de recevoir tous ces gens si ce n'était pas le cas.

Tenu au secret, mon cul!

Quand le jury annonça enfin le nom des finalistes, Toby en faisait bel et bien partie. Quelle surprise!

Je lui jetai un regard, m'attendant à le voir dégouliner d'autosatisfaction. Mais il n'en fut rien. Au contraire, son visage affichait plutôt un air inquiet, voire terrorisé. Lorsqu'il se rendit compte que je le dévisageais, il me tira aussitôt la langue.

Tout à coup, je fus pris d'un doute.

— C'est quand, la finale? demandai-je à ma mère.

— Dimanche soir.

Bon, ça va, me dis-je. Mon frère n'avait probablement aucune envie d'aller me voir courir aux championnats nationaux, de toute façon. Et puis, en général, quand il venait assister à mes compétitions, il était plus souvent occupé à se goinfrer de hot-dogs qu'à me soutenir.

— On pourra la regarder tous ensemble à l'hôtel, alors. Je suis sûr que Sheeds me laissera passer la soirée avec vous.

Ma mère afficha un air gêné.

— Mais, mon chéri... L'émission sera enregistrée dans l'après-midi.

— Et tu vas y aller ?

— Oui, mais bien évidemment ton père et ton grand-père iront assister à ta course.

— Évidemment, répétai-je d'un ton acide.

Ma mère coupa court à la conversation en frappant dans ses mains pour attirer l'attention de tous les invités :

— Bien, nous allons pouvoir passer à table !

Je sentis mon ventre protester violemment, alors j'en profitai pour m'éclipser aux toilettes. Mais je ne parvins pas à me soulager. À mon retour, tout le monde avait déjà pris place autour de la table. Ma mère me jeta un regard noir.

Il ne restait qu'un seul siège libre, à droite de Miranda, et face à Tristan. Ce dernier me dévisageait bizarrement, un petit sourire stupide aux lèvres.

Pendant le dîner, encore barbouillé, je touchai à peine à mon assiette.

Au moment du dessert, mon père prit la parole pour un discours sur le bonheur d'être parent, la joie de voir ses enfants grandir et réussir dans la vie. Puis ce fut au tour de ma mère.

Enfin, sous un tonnerre d'applaudissements, on apporta la fameuse crème glacée de Toby. Des « oh ! » et des « ah ! » fusèrent à la vue de cette gigantesque pyramide dressée sur un plateau d'argent.

— Juste un tout petit peu pour moi, s'il te plaît, dis-je à ma mère, qui ne m'écouta absolument pas et me tendit une assiette pleine à ras bord.

Dès la première bouchée, je sentis que ça allait mal finir.

Je reposai ma cuillère. Ma mère me foudroya du regard. J'imaginais parfaitement ce qui lui traversait l'esprit : encore une preuve de ma jalousie maladive vis-à-vis de Toby.

Je me forçai à reprendre une cuillerée de glace, mais dès qu'elle entra en contact avec ma langue, ma gorge se serra. Impossible d'avaler.

Je me levai brusquement pour me précipiter aux toilettes, mais un haut-le-cœur me cloua sur place. Il fallait que je recrache cette crème glacée. Soit elle me ressortait par les narines, façon distributeur de sundae au MacDo, soit je l'évacuais par où elle était entrée.

J'optai pour la seconde solution et, dans un grand bruit de hoquet, la crème glacée rejaillit de ma bouche.

Tous les regards se braquèrent sur la giclée de glace qui décrivit un arc de cercle avant de venir éclabousser mon assiette. *Splatch !*

Il y eut un silence de mort.

Puis Tristan me lança :

— Bien joué, Dom, en plein dans le mille !

16. *MEURTRE À LA UNE*

Le lendemain, quand je descendis à la cuisine, l'ambiance était glaciale. Pire qu'en Alaska, en Antarctique et en Sibérie réunis.

Ma mère se préparait un jus, comme à son habitude.

— Bonjour, maman !

Pas de réponse. J'imaginais très bien ce qui devait lui passer dans la tête. Je n'étais qu'un affreux jaloux qui avait tenté de saboter le grand succès de son petit frère.

Ou alors elle ne m'avait tout simplement pas entendu, à cause du bruit du mixeur.

Je répétai mon bonjour, un ton plus fort.

— Bonjour, répliqua-t-elle, d'une voix de marbre.

Bon, il était clair qu'elle m'en voulait.

— Salut Toby, lançai-je à mon petit frère, occupé à engloutir un énorme bol de céréales.

Mais en retour, je ne reçus qu'un regard froid à en faire geler l'océan Indien.

C'était vraiment injuste.

Je me tournai vers Miranda, qui grignotait un bout de toast, les yeux rivés sur son iPad.

— Salut frangine !

Elle me fixa tout en esquissant un hochement de tête désapprobateur. Comme si je l'avais terriblement déçue, et que je n'étais qu'une cause perdue.

À mon grand soulagement, mon père fit irruption dans la cuisine, en costume, prêt à se rendre au travail.

— Tu n'es pas allé courir ce matin, champion ? s'enquit-il en se servant un bol de muesli.

— Non, je me sens encore un peu barbouillé, dis-je, les mains au niveau de mon ventre.

— Ce n'était pas beau à voir, hier soir, me dit-il à voix basse, le sourire en coin.

Cet instant de connivence ne suffit pourtant pas à réchauffer l'atmosphère.

Je voulais qu'il me dise que tout allait s'arranger, que je finirais par rembourser La Dette et que je pourrais retrouver une vie normale.

— Tu es peut-être intolérant au lactose, avança-t-il. Tu devrais te mettre au lait de soja.

— C'est ça, papa, fis-je en baissant la voix. Le soja va résoudre tous mes problèmes…

Il reposa violemment sa cuillère et me regarda de travers.

Je dois dire que, pour son âge, mon père était très bel homme. Il avait encore tous ses cheveux. Il s'habillait avec goût. Il faisait du sport pour garder la forme. Et malgré tout, je le voyais toujours comme un homme d'affaires banal. Un peu effacé, comme si tout glissait toujours sur lui. Le genre d'homme qui ne faisait jamais de vague. Qui d'ordinaire restait impassible.

Mais le regard qu'il me jeta à cet instant-là était tout sauf impassible.

On pouvait y déceler de la colère. Du mépris. Voire de l'animosité.

Un regard qui voulait dire : *Arrête un peu de chouiner, tu n'es pas le seul qui ait eu à subir cette saloperie.*

Il détourna rapidement les yeux, faisant mine de s'intéresser à son bol de muesli. Mais le mal était déjà fait. Sans prononcer un seul mot, il avait tout dit.

L'ambiance glaciale devint polaire.

— Bon, je vais chercher le journal, prétextai-je, bien que personne ne prêtât attention à mes propos.

Dehors, je me réfugiai sous le grand figuier qui trônait devant la maison, et qui abritait encore les restes d'une vieille cabane.

Je profitai de quelques instants de calme après la tempête, le bruit des feuilles agitées par le vent, le chant des oiseaux, les nuages lancés dans une course effrénée là-haut dans le ciel...

— Salut, Dom !

— Tristan ! m'écriai-je. Bordel, tu m'as fichu une de ces trouilles !

— Désolé, fit-il en venant s'asseoir tout près de moi.

Et ce n'était qu'un euphémisme. Il avait pratiquement collé son cul au mien.

J'avais beau être quelqu'un de tolérant, je ne pus m'empêcher de m'écarter un peu de lui.

Et d'abord, que faisait-il dans les parages ? Évidemment, il était encore dispensé de cours pour un moment, mais ce n'était pas une raison. L'ancien Tristan ne serait jamais venu traîner dans mon jardin.

— Dom, je voulais te demander un truc. Avant mon coma, on faisait quoi en général, à part des virées en bateau ?

— Sérieusement ? Tu ne te souviens plus ?

— C'est bien pour ça que je te demande, ducon. Le docteur a dit qu'on a parfois du mal à retrouver la mémoire après un coma.

Exactement comme un disque dur corrompu, qui tourne sans pouvoir accéder aux données enregistrées.

— Alors, on faisait quoi, toi et moi ?

— Rien de spécial. On traînait. On jouait à faire les cons.

À cet instant, le livreur de journaux passa à moto dans la rue, et lança un exemplaire dans notre direction.

Je bondis et parvins à le réceptionner d'une seule main.

— Bon, c'était sympa de te voir, Tristan, lui dis-je avant de rebrousser chemin vers la maison.

Pour être honnête, je m'intéressais assez peu aux journaux. En général, je ne m'attardais que sur la rubrique des sports, plus particulièrement l'athlétisme. Et encore, il était plutôt rare d'y lire des articles portant sur la course à pied.

J'arrachai le cellophane et les gros titres de la une me sautèrent immédiatement aux yeux :

LES FRÈRES LAZARUS IMPLIQUÉS DANS UNE RÉCENTE AFFAIRE DE MEURTRE À GOLD COAST

En dessous, figurait une grande photo des deux coupables.

Et derrière eux, on pouvait me voir, vissé sur un tabouret de bois, triple expresso à la main.

D'accord, je ne me trouvais qu'à l'arrière-plan, et le grain de l'image était plutôt mauvais. Mais tous les gens qui me connaissaient allaient se rendre compte qu'il s'agissait de moi.

Il n'y avait qu'une seule façon d'en être sûr.

Journal en main, je retournai dans la cuisine. Mes parents étaient seuls à table.

— Regardez ça, dis-je en leur mettant la photo sous le nez. Ces frères Lazarus, ils n'ont vraiment pas l'air commode. Vous en pensez quoi ?

Mon père leva les yeux de son bol.

— J'en pense que je n'aimerais pas tomber sur eux au détour d'une ruelle sombre.

— Et toi, maman ?

— De la vraie vermine, grimaça-t-elle.

Bon, même mes propres parents ne m'avaient pas reconnu sur la photo. En même temps, ils ne s'attendaient probablement pas à me voir assis au Café Cozzi.

Je n'avais donc pas à m'inquiéter.

Je ne subirais pas la sanction que Coast Grammar réservait aux élèves qui faisaient l'école buissonnière, soit trois jours d'exclusion.

Quoique, trois jours d'exclusion ne seraient pas du luxe, tout compte fait. Si je n'avais pas à aller en cours, je pourrais alors consacrer tout mon temps à mon troisième contrat.

Sans compter que, si je me faisais exclure, je devrais rester à la maison, et Gus serait alors en charge de venir me surveiller. Ce qui voulait dire que j'aurais carte blanche pour faire ce que je voudrais.

C'était le plan idéal.

Je remontai dans ma chambre et allumai mon ordinateur. Je retrouvai la photo des frères Lazarus sur Google images, et en fis un copier-coller dans un document Word. En dessous, histoire d'enfoncer le clou, j'ajoutai : *EST-CE BIEN DOM SILVAGNI SUR CETTE PHOTO PRISE HIER MATIN ?*

Je songeai tout d'abord à l'envoyer à Coast Grammar par e-mail, mais il y avait trop de risques qu'il passe inaperçu et que personne ne le lise. Je me rabattis donc sur le bon vieux fax : au moins, mon message arriverait déjà ouvert. Impossible que l'administration du collège passe à côté.

Une fois ma tâche accomplie, je redescendis au rez-de-chaussée.

Quelques minutes plus tard, la sonnerie du téléphone retentit. C'est Toby qui décrocha.

— Maman, c'est pour toi, appela-t-il. C'est Coast Grammar.

Ma mère s'empara du combiné. Elle écouta attentivement la personne qui se trouvait au bout du fil, puis s'approcha de la table où j'étais occupé à examiner la une du journal.

— Oui, fit-elle, je reconnais qu'il y a une certaine ressemblance, mais...

— C'est bien moi ! m'écriai-je.

— Excusez-moi une seconde, dit-elle à son interlocuteur avant de mettre la main sur le combiné. Dom, c'est toi ?

136

— Oui, avouai-je. J'ai séché les cours. Je mérite une sanction.

Après tous les mensonges que j'avais été forcé de refourguer à tout le monde, c'était un véritable soulagement de pouvoir dire la vérité.

Ma mère remit le téléphone à son oreille.

— Monsieur Cranbrook? Dom vient d'avouer. Non, je comprends parfaitement.

Elle raccrocha puis, l'air choqué, m'annonça :

— Tu es exclu jusqu'à mardi prochain.

Je levai les bras en l'air en signe de victoire.

Mauvaise idée. Aussitôt, ma mère s'effondra sur une chaise avant de se mettre à pleurer.

Impossible de déterminer si c'était de la comédie ou non. Après tout, ses talents d'actrice lui avaient bien valu les compliments du grand Al Pacino.

Quant à mon père, qui devait se douter que mon exclusion était liée à La Dette, il avait retrouvé son habituel masque d'impassibilité.

La sonnerie du téléphone retentit à nouveau.

Toby décrocha, mais cette fois c'est à moi qu'il tendit le combiné.

— Oui, Dom à l'appareil.

— Mais qu'est-ce que tu as dans la tête, bon sang !

Il me fallut quelques secondes pour comprendre que la voix tonitruante qui résonnait dans l'écouteur était celle de Mrs Sheeds.

— Je viens d'être convoquée chez le principal, hurla-t-elle. Tu trouves ça malin de t'être fait exclure?

— Ça ne change rien pour moi, vu que la course aura lieu dimanche.

— Peu importe, tu ne pourras pas courir !

— Mais, dimanche, ce n'est pas un jour d'école.

— Dom, tu ne m'écoutes pas. Tu es exclu de toutes les activités liées à Coast Grammar. Tu ne peux pas participer aux championnats nationaux. Tu n'as plus aucune chance d'aller à Rome, maintenant.

Chacun de ses mots me fit l'effet d'une balle venant se planter dans ma poitrine. Brisant tous mes rêves. Anéantissant tous mes espoirs de carrière.

— Dom ? fit Sheeds. Dom, ça va ?

J'avais envie de m'effondrer par terre et de pleurer toutes les larmes de mon corps.

Mais je me retins.

— Oui, coach, tout va bien, répondis-je avant de raccrocher.

17. LITTLE SILICON VALLEY

Je vérifiai une nouvelle fois que je ne m'étais pas trompé d'adresse : 958 Goldman Avenue, Little Silicon Valley. Mais sous mes yeux ne s'étalait qu'un terrain vague, avec ses quelques touffes d'herbe desséchée, ses piles d'ordures et son vieux panneau *À vendre*. L'endroit était désert.

Merci, professeur Chakrabarty, pensai-je avec aigreur.

Je venais de perdre une heure quarante de ma vie dans un trajet de train. J'étais allé jusqu'à me faire exclure du collège, ruinant tous mes espoirs de participer aux championnats nationaux... Tout ça pour rien ?

C'est alors que j'eus un éclair de génie : Usain Bolt ne détenait pas un mais deux records mondiaux. Le cent mètres en neuf secondes et cinquante-huit centièmes et le deux cents mètres en dix-neuf secondes dix-neuf. Je me mis donc à remonter l'avenue jusqu'au numéro 1919.

J'y trouvai une usine, semblable en tous points à toutes les autres implantées dans les environs : un grand bâtiment carré en béton. À l'extérieur se trouvaient quelques arbres rabougris, recouverts de poussière grise. Des sacs en plastique tout déchiquetés voletaient au gré du vent. Un chien errant reniflait les lieux. Sur le mur du bâtiment s'étalait le nom de l'entreprise : *ase Logi*. Je mis un certain temps à comprendre que deux lettres manquaient pour former le nom *Case Logic*. *Case*, coque, je me trouvais forcément sur la bonne piste.

Au départ, je m'attendais à me retrouver devant une usine dernier cri, un véritable temple de la technologie, à l'image du Styxx Megastore. Mais en y réfléchissant bien, cet endroit décrépit était l'endroit idéal pour développer un prototype de coque pour Cerberus : un lieu discret, à l'abri des regards.

J'avais consacré la majeure partie de mon trajet en train à mettre au point mon plan. J'avais bien essayé de trouver d'autres solutions, mais aucune ne me semblait aussi bonne. Même si l'idée me déchirait le cœur, je n'avais pas le choix. Alors je sortis mon iPhone et retirai sa housse de protection avant de le déposer par terre, face contre le sol. Puis je m'emparai d'une grosse pierre.

— Pardonnez-moi Seigneur, car je vais pécher, lâchai-je en frappant violemment mon téléphone.

La coque vola en éclats, l'écran se fissura, et la foudre s'abattit sur moi.

Bon, j'exagérais peut-être ce dernier point. Mais si dieu Apple existait vraiment, j'aurais amplement mérité de subir sa colère.

Mon iPhone complètement fracassé en main, je m'avançai vers le bâtiment. Sur le côté, un panneau surmonté d'une flèche indiquait l'entrée : *Prière de vous adresser à l'accueil.*

Je pénétrai à l'intérieur et fus frappé par l'apparence modeste des lieux. Je repensai au décor design du Styxx Megastore, aux smartphones exposés sous des spots, telles des pièces de musée. Le contraste avec cet endroit était saisissant.

Assise derrière le bureau d'accueil, une femme pianotait sur le clavier d'un vieil ordinateur. Bon, ce n'était pas non plus une machine d'avant-guerre, mais il semblait tout de même bien obsolète.

— Bonjour, lui dis-je.

Elle leva la tête et me répondit:

— Pour les livraisons, c'est sur le côté.

— Non, je ne suis pas là pour ça.

Je déposai mon iPhone sur son bureau. J'avais encore du mal à réaliser que je venais de le détruire délibérément. Ma gorge se serra et je sentis de vraies larmes me monter aux yeux

— J'aurais besoin d'une nouvelle coque, expliquai-je d'une voix étranglée.

Elle se leva et se pencha pour mieux voir mon iPhone.

— Oh, pauvre chose, lâcha-t-elle comme s'il s'agissait d'un petit animal blessé ou d'un oisillon sans défense tombé du nid. Je suis désolée, mais je ne peux rien faire pour toi, mon garçon. Ce n'est pas un magasin, ici.

J'avais déjà les larmes aux yeux, alors autant en jouer à fond.

Ce ne fut pas difficile, je n'eus même pas à me forcer. Il me suffisait de me concentrer sur tout ce qui avait foiré dans mon existence.

Je pensai à Imogen qui refusait de m'adresser la parole. Je pensai à mon exclusion, et à l'interdiction de concourir aux championnats nationaux. Je pensai à La Dette, qui allait me couper la jambe. Je pensai à ma vie, complètement foutue.

Et voilà, les vannes étaient ouvertes, je pleurais à chaudes larmes.

— Oh, pauvre petit, je comprends que tu sois triste, s'attendrit-elle en m'offrant plusieurs mouchoirs.

— En plus, c'est l'iPhone de ma sœur, renchéris-je entre deux hoquets. Elle souffre de coïmétrophobie.

La femme m'adressa un regard compatissant et me tendit d'autres mouchoirs avant de déclarer :

— Allez viens, on va faire un tour dans la réserve avant que le patron ne revienne de son jogging.

Je la suivis dans l'entrepôt où se succédaient des dizaines de rangées d'étagères sur lesquelles étaient entreposées des caisses en plastique, chacune contenant des coques pour téléphones portables de marques différentes. De l'autre côté du mur, on entendait le vrombissement de machines. C'était probablement là que se trouvait la chaîne de production.

— C'est bien un iPhone 5 ? me demanda la femme.

— Oui, confirmai-je.

Elle s'engagea dans une rangée puis s'arrêta devant une caisse étiquetée *IP5*.

— Voilà, sers-toi.

En y piochant une coque, je jetai un coup d'œil sur les caisses voisines, étiquetées *IP*, *IP3* et *IP4*. Il ne s'agissait que d'iPhones, selon toute vraisemblance

Je levai les yeux vers l'étagère supérieure, où se trouvaient trois caisses. La première, étiquetée *SC*, contenait probablement les coques du Styxx Charon. La deuxième,

SP, celles du Styxx Phaéton. Mon attention se porta sur la troisième, marquée d'un *SX*.

— Qu'est-ce que ça veut dire, *SX*? m'enquis-je.

— Je n'en ai pas la moindre... Ah, si, je sais. C'est une commande spéciale.

— Je peux y jeter un œil?

— Il ne vaut mieux pas, mon garçon.

Je résistai à la tentation de m'emparer d'une coque avant de m'enfuir en courant. Cette femme avait été vraiment gentille avec moi, je ne pouvais pas lui faire ce coup-là.

Nous retournâmes à l'accueil.

— Combien je vous dois? lui demandai-je.

— Rien du tout, penses-tu. Considère que c'est un cadeau pour ta sœur.

Je la remerciai avant de ressortir. Une fois dehors, je fis le tour du bâtiment jusqu'à atteindre la zone de chargement des marchandises.

La double porte coulissante du hangar était entrouverte. Un agent de sécurité y faisait le pied de grue.

Je ramassai un caillou par terre et le jetai de toutes mes forces contre une benne à ordures qui se trouvait à proximité.

Non, impossible qu'il tombe dans le panneau, pensai-je.

Le caillou vint frapper la benne dans un grand bruit métallique.

— Hé! Qui va là? s'écria l'agent de sécurité, quittant son poste pour se diriger vers la source du bruit.

J'en profitai pour me glisser à l'intérieur de l'entrepôt. Je contournai des palettes chargées de cartons et me retrouvai dans la réserve. Là, je recherchai la bonne rangée, celle qui abritait la caisse labellisée *SX*, puis je me servis.

La coque, transparente, était plus grande que celle d'un iPhone, mais plus fine.

Je m'apprêtais à la ranger dans ma poche lorsqu'une voix m'interrompit :

— Vous, là ! Que faites-vous là ?

Je tournai la tête. Un homme en vêtements de sport, trempé de sueur, se tenait au bout de la rangée.

Apparemment, le patron de Case Logic avait terminé son jogging.

Mon regard glissa vers la coque que je tenais toujours en main.

— Hé ! protesta-t-il.

Je me mis à courir en direction de la sortie. L'agent de sécurité, qui avait retrouvé son poste devant la double porte coulissante, essaya de m'arrêter, mais je le repoussai violemment et parvins à lui échapper.

— Attrapez-le ! hurla le patron.

À toute vitesse, je fis le tour du bâtiment pour regagner la rue.

Un coup d'œil par-dessus mon épaule acheva de me rassurer : vu sa lenteur, l'agent de sécurité n'avait aucune chance de me rattraper.

Je ralentis l'allure pour reprendre mon souffle.

C'est là que j'entendis des bruits de pas qui se rapprochaient à toute vitesse.

L'agent de sécurité m'avait-il berné ? Courait-il aussi vite que Speedy Gonzales ?

Je risquai un regard derrière moi et aperçus le patron de l'usine qui me courait après. Mes habitudes de coureur reprirent le dessus : j'entrepris aussitôt d'analyser la technique et le style de foulée de mon concurrent.

Ma conclusion fut sans appel : il était bon. Très bon.

Je ferais mieux de me bouger les fesses, me dis-je en augmentant la cadence. Seul bémol : j'étais complètement perdu, je ne savais ni où je me trouvais, ni où je pouvais aller. Toutes les rues, tous les bâtiments se ressemblaient. Lorsque j'atteignis un carrefour, je bifurquai à gauche. Le patron était toujours à mes trousses.

Le sempiternel laïus de Sheeds résonna dans ma tête. *Une gazelle sait qu'elle doit être plus rapide que le lion qui la prendra en chasse, ou elle mourra dévorée. Un lion sait qu'il devra courir plus vite que la gazelle la plus lente de la harde, ou il mourra de faim.* À cet instant, c'était moi, la gazelle.

J'accélérai encore. S'il n'était qu'un coureur occasionnel, il ne pourrait pas supporter de courir ainsi, par à-coups, à la manière des Kényans. Je décélérai et jetai un coup d'œil derrière moi. Il ne s'était pas laissé distancer.

Visiblement, il ne s'agissait pas d'un coureur du dimanche.

Plus loin, sur ma gauche, j'aperçus une ruelle séparant deux usines. Je m'y précipitai, slalomant entre les bennes à ordures remplies à ras bord.

Puis je levai la tête.

Rien que des murs. Je me retrouvais dans un cul-de-sac.

J'étais coincé. Sans la moindre échappatoire.

Le lion m'avait quasiment rattrapé. Il s'arrêta à quatre mètres de moi. Essoufflé, il s'efforçait de ne rien laisser paraître de la souffrance causée par cette course-poursuite.

— Tu es un excellent coureur, lâcha-t-il entre deux respirations.

— Je peux en dire de même pour vous.

— Tu tiens bien la distance. Tu pratiques le demi-fond ?

— Oui, vous aussi ?

— Moi, c'est plutôt le marathon. J'aime me pousser au bout de mes limites.

Il désigna du doigt la coque que je tenais toujours à la main :

— Tu vas devoir me rendre ceci, mon garçon.

— Je suis obligé ?

Il hocha la tête et s'avança vers moi, paume ouverte.

J'aurais pu lui foncer dessus et le bousculer pour m'échapper à nouveau. Mais je n'en fis rien.

Je lui remis la coque.

— Tu sais être raisonnable, fit-il en souriant.

Je ne répondis pas. Je me mis à courir tel Usain Bolt, retraçant en sens inverse le chemin que j'avais parcouru depuis l'usine. Je croisai l'agent de sécurité, plié en deux, à bout de souffle. Dans la rue adjacente, ce fut à mon tour de me heurter au mur de la douleur : les cuisses en feu, mes muscles en manque d'oxygène envahis par l'acide lactique, tout le tintouin. Je ne désirais qu'une chose : m'arrêter de courir pour que cette douleur cesse.

Pour me donner du courage, je m'imaginai à Rome, dans le premier tour des mille cinq cents mètres qui se disputaient dans le *stadio olimpico*.

Je mène la course, mais le Kényan, le Marocain et l'Éthiopien sont en train de rattraper les cinq mètres qui nous séparent.

La foule se lève et se met à hurler des encouragements.

Je dois puiser dans mes dernières ressources, ce n'est pas le moment de lâcher.

Mes trois concurrents se lancent dans le sprint final.

Je suis le mouvement, submergé par un flot d'adrénaline.

J'atteignis enfin le 1919 Goldman Avenue, fis le tour du bâtiment et me glissai à l'intérieur du hangar. Je retrouvai la rangée des iPhones et récupérai une autre coque dans la caisse *SX*. Puis je quittai les lieux aussi vite que j'y étais entré.

Dans la rue, au loin, j'aperçus le patron qui revenait péniblement vers son usine.

Fallait pas me chercher, le marathonien.

18. ANAGRAMMES

Pendant tout le trajet retour vers Halcyon Grove, j'étais sur un petit nuage.

J'avais réussi mon coup, en menant à bien le plan audacieux que j'avais échafaudé. Même si pour cela j'avais dû sacrifier mon smartphone.

Dès que j'arrivai chez moi, je récupérai la carte SIM de feu mon iPhone 5 pour l'insérer dans mon vieil iPhone 4. Il n'y avait pas si longtemps, ce téléphone était encore considéré comme la technologie du futur. Cet iPhone avait été l'équivalent du Cerberus.

C'est là que je retombai de très haut.

Car malgré tous mes efforts, je ne détenais qu'un seul des trois composants nécessaires pour assembler un Cerberus. Et j'ignorais si les deux composants restants seraient aussi simples à se procurer que la coque.

Alors fini de s'autocongratuler, il était temps de se remettre au boulot.

J'ouvris l'ordinateur de La Dette et relançai la session du jour où j'avais hameçonné Nitmick.

Je retrouvai un e-mail qu'il avait envoyé à SheikSnap@
hotmail.com :

Salut crâne béni ! Quel bazar !

Les explications du professeur Chakrabarty me
revinrent en mémoire : du moment qu'apparaissaient des
mots comme « dérangé », « bazar » ou « en désordre »,
cela voulait dire qu'on avait affaire à une anagramme.

Je décidai donc de procéder de la même façon que lui.
Je recopiai toutes les lettres de *Salut crâne béni* sur un
morceau de papier, et me mis à chercher quels autres
mots on pouvait former avec elles.

Je trouvai bien plusieurs mots différents, mais le problème était d'arriver à utiliser toutes les lettres pour former une phrase sensée.

J'avais besoin d'aide, et je savais où la trouver. J'allumai
mon propre ordinateur et cherchai *anagramme* dans le
moteur de recherche Google. La première occurrence, un
site baptisé Anagram Server, était un générateur d'anagrammes gratuit.

Miranda avait tort : Google était bel et bien mon ami.

J'entrai sur le site, tapai *Salut crâne béni* dans la boîte
de recherche puis cliquai sur entrée.

La page afficha plus de cinquante mille résultats.

Je commençai à les parcourir un à un, mais rien ne
semblait correspondre. Au bout de dix minutes, j'en avais
franchement marre et je me mis à faire défiler la liste de
plus en plus vite.

Soudain, je tombai sur *Tu as bien l'écran.*

Bingo.

Je retournai sur l'enregistrement de la session de
Nitmick, pour voir la réponse de SheikSnap.

Elle ne se composait que d'un seul signe : *!*

SheikSnap avait donc réussi à mettre la main sur l'écran. Tout ce qu'il me restait à faire, c'était de découvrir qui se cachait derrière ce pseudonyme, pour ensuite lui subtiliser le composant.

Je retournai sur le générateur d'anagrammes et y entrai les mots *besoin écran*. En quelques secondes, le site m'afficha plusieurs milliers de possibilités. J'arrêtai mon choix sur *snob en acier*.

C'était là que les choses se corsaient : comment allais-je pouvoir envoyer ce message à SheikSnap sans éveiller ses soupçons ? Je ne voyais qu'une seule solution, le hameçonner de la même façon que pour Nitmick. J'avais bien observé Guzman ce jour-là, et je me rappelais qu'il s'était servi d'un programme appelé *Nuclear Phishing*.

Rien de plus facile : je n'avais qu'à télécharger le programme en question. Sauf que lorsque j'entrai Nuclear Phishing dans la case de recherche, Google ne m'afficha que des sites web mettant en garde contre les dangers du hameçonnage.

En fin de compte, Miranda avait peut-être raison quand elle soutenait que Google censurait les résultats.

Mais tout n'était pas perdu : je savais qu'il existait beaucoup d'autres moteurs de recherche. Je réessayai donc avec Bing, Yahoo, AltaVista, WebCrawler, Dogpile et Lycos.

Sans succès.

Je pris quelques instants pour réfléchir. Le sale boulot nécessitait des outils adéquats. Et clairement, Google n'était pas taillé pour cela. Pareil pour Bing, ou Lycos. Ils se contentaient d'être des moteurs de recherche modèles.

Je me souvins alors avoir entendu des geeks mentionner le nom Astalavista, que je recherchai aussitôt. Je le trouvai très facilement, ce qui me sembla suspect à première vue. Je m'attendais à ce qu'il soit bien caché. Mais sa description, « le meilleur portail de téléchargement alternatif », acheva de me convaincre.

Lorsque j'entrai *Nuclear Phishing* dans la boîte de recherche, au lieu de me servir les mêmes pages moralisatrices que Google, Astalavista me proposa un bon millier de sites à partir desquels je pouvais télécharger le programme.

Ce que je fis sans plus attendre.

Une fois le programme installé, je tapai l'adresse e-mail de Nitmick dans le champ expéditeur, et celle de SheikSnap dans celui du destinataire. Je rédigeai ensuite le corps du message : *Des nouvelles du « snob en acier » ? il est complètement dérangé.* Puis je cliquai sur *envoyer*.

Il n'y avait plus qu'à attendre une réponse. Cela pouvait prendre une heure, un jour, ou une semaine. Sauf si SheikSnap découvrait le pot aux roses.

Mais sa réponse me parvint presque instantanément : *Zazou ci.*

Je n'eus même pas besoin du générateur d'anagrammes pour comprendre : il s'agissait de le retrouver au Café Cozzi.

Je lui envoyai une émoticône pour lui montrer que j'avais compris le message, et j'en reçus une en retour.

Quand ? lui demandai-je alors.

Rune huée, répondit-il : une heure.

Parfait. Cela me laissait le temps de me préparer. À commencer par passer quelques coups de fil, nécessaires pour mettre au point mon plan visant à piéger SheikSnap.

Lorsque j'en eus terminé, je m'apprêtai à descendre au rez-de-chaussée, mais je fus coupé dans mon élan. Depuis le haut de l'escalier, j'aperçus Gus assis à la table de la cuisine, le regard absent. Il avait retiré sa prothèse, qui gisait par terre.

D'ordinaire, Gus était toujours occupé. Lire, prendre des notes, soulever des poids... Il ne s'arrêtait jamais. Cela ne lui ressemblait vraiment pas de rester ainsi immobile, les yeux dans le vague.

Un frisson me parcourut l'échine.

Bien sûr, je savais que Gus vieillissait. Mais comme il gardait la forme et faisait tout pour être toujours actif, je ne l'avais jamais considéré comme un petit vieux.

Et pourtant, en le regardant à ce moment précis, ce fut exactement la pensée qui me vint en tête : il avait l'air d'un petit vieux, las de vivre.

Peut-être que c'était ma faute, du fait qu'on m'interdisait de concourir aux championnats nationaux. En apprenant la nouvelle, Gus s'était contenté de lâcher un juron, mais j'avais bien vu que cela l'avait vraiment secoué. Depuis, il n'y avait plus la même lueur dans ses yeux.

Je descendis l'escalier le moins discrètement possible, afin qu'il m'entende arriver. Aussitôt, il sortit de sa posture figée et reporta son attention sur le livre qui se trouvait devant lui sur la table.

— Je dois sortir un petit moment, lui dis-je.

— Tu es censé être puni, Dom. J'ai promis à ta mère que je garderais un œil sur toi.

En un regard de ma part, il comprit.

— Bon, d'accord, se résigna-t-il alors que je me dirigeais vers la porte d'entrée. Je fais comme si je n'avais rien vu.

19. RETOUR AU CAFÉ COZZI

Dès que j'arrivai devant le café, je me rendis compte qu'il ne s'agissait pas du meilleur point de rendez-vous. L'endroit était bondé, beaucoup de gens venaient y boire un verre après leur journée de travail. Comment étais-je censé reconnaître SheikSnap ?

J'entrai à l'intérieur et fis la queue. Je reconnus l'homme derrière le comptoir, le même que la fois précédente. Je me mis aussitôt à répéter mentalement ma commande, afin d'éviter une nouvelle humiliation : *un expresso s'il vous plaît, un expresso s'il vous plaît.*

Devant moi, dans la file, se trouvait une fille qui ressemblait à Miranda. Même âge, même allure de geek, même sac de transport pour iPad. Pouvait-il s'agir de SheikSnap ?

Lorsque ce fut à son tour de passer commande, elle se fit avoir tout comme moi :

— Je vais prendre un thé au lait de soja.

— On ne sert pas ça ici, maugréa l'homme au comptoir. Alors soit vous prenez un vrai café, soit vous allez chez Starbucks.

La fille lui jeta un regard assassin.

— Vous savez, je pourrais écrire sur Twitter que j'ai vu un cafard sortir de votre percolateur. Je vous garantis qu'en une heure, des milliers de personnes auront retwitté l'info, et vous n'aurez plus qu'à fermer boutique.

Wow ! Cette fille ne manquait pas de cran ! Du coup, elle m'apparaissait de plus en plus comme une SheikSnap potentielle.

L'homme la dévisagea quelques instants, avant de changer de ton :

— Nous pouvons vous proposer un excellent thé agrémenté de feuilles de menthe fraîche. Cela vous conviendrait ?

— Parfait, merci.

Évidemment, ce fut à moi de payer les pots cassés.

— Ce sera quoi ? aboya-t-il lorsque ce fut mon tour.

— Comme d'habitude, bredouillai-je, un peu décontenancé.

Il plissa les yeux et me fixa intensément.

— Un triple expresso, c'est ça ?

Je hochai la tête. Sacrée mémoire.

— Va t'asseoir, Snake te l'apportera.

Je ressortis du café et m'installai sur un tabouret, à côté de la fille qui ressemblait à Miranda. Elle était plongée dans la lecture d'un journal. Je balayai les autres clients du regard. Parmi les vingt-deux personnes attablées, personne ne donnait l'air d'être un geek capable d'enfreindre la loi. Cette fille, c'était donc forcément SheikSnap !

Snake interrompit mes pensées en arrivant avec mon café.

— Voilà ton triple expresso, dit-il en déposant la tasse devant moi.

Je n'y touchai pas. Avec autant de caféine, je n'allais pas pouvoir dormir de la nuit.

Mais Snake restait planté là, les yeux fixés sur moi.

Je n'avais pas le choix. Je pris la tasse et bus une gorgée du liquide brûlant. Comme la fois précédente, ce fut une explosion dans ma bouche.

— Ça réveille ! lançai-je à Snake.

Visiblement satisfait, il me laissa pour retourner à ses autres occupations.

C'est alors que la fille qui ressemblait à Miranda se tourna vers moi :

— Excuse-moi, tu aurais un stylo ?

— Oui, je dois en avoir un quelque part, dis-je en fouillant dans mes poches.

— Merci, fit-elle quand je le lui tendis. Je n'en ai pas pour longtemps.

Elle plia son journal sur la page des jeux et commença à étudier la grille des mots croisés, puis se mit à remplir les cases vides à une vitesse impressionnante.

Oui, c'était forcément elle ! C'était SheikSnap !

Elle sembla bloquer sur la dernière définition de la grille. Après quelques minutes de réflexion, elle jeta un coup d'œil à sa montre, sortit son smartphone et composa un numéro avant de se raviser.

— Tu peux garder mes affaires, le temps que j'aille aux toilettes ? me demanda-t-elle.

— Bien sûr.

Elle se leva et prit la direction de l'entrée du café, mais au lieu de s'engager à l'intérieur pour se rendre aux toilettes, elle continua d'avancer jusqu'à une vieille cabine téléphonique qui se trouvait au bout du trottoir. Elle y entra, introduisit quelques pièces et passa un coup de fil.

Il n'y avait plus de doute possible : c'était bien SheikSnap. Comme Nitmick ne s'était pas pointé au rendez-vous, elle avait essayé de l'appeler. Et quoi de plus discret et anonyme que de le faire depuis une cabine téléphonique ? C'était une technique bien connue de tout criminel qui se respecte. Mais avant de passer à l'action, il me fallait être absolument sûr de mon coup.

Une fois son appel terminé, elle revint à sa table.

— Merci, me dit-elle en se rasseyant.

— Moi aussi je dois faire un tour aux toilettes, ce doit être contagieux, lui glissai-je.

— Pas de problème, je garde tes affaires pendant ce temps.

Je m'engouffrai à l'intérieur du café, passai devant la porte des toilettes et sortis par la porte de derrière, qui donnait sur une ruelle. Je longeai l'arrière du bâtiment avant de bifurquer dans la rue transversale. Arrivé à l'intersection, je pus jeter un œil en direction de SheikSnap. Elle avait les yeux rivés sur son smartphone. La voie était libre. Je me précipitai vers la cabine téléphonique, glissai une pièce dans la fente puis appuyai sur la touche bis. Au bout de quelques sonneries, une voix masculine répondit :

— Ouais ?

Bon, ce n'était pas la voix de Nitmick. Mais cela ne prouvait rien : un parano tel que lui pouvait très bien utiliser un appareil permettant de modifier sa voix.

— Nitmick ? fis-je dans le combiné.

— Écoute, j'ai pas le temps de jouer, tu cherches un truc ou non ? grogna la voix.

— Vous proposez quoi ?

— Speed, ecsta, oxy.

Je raccrochai.

Cette fille n'était donc pas SheikSnap, mais simplement une geek amatrice de soja, de mots croisés et de drogue, qui attendait son dealer.

Dépité, je rebroussai chemin et regagnai ma place.

La fille était toujours plongée dans sa grille de mots croisés.

Snake passa derrière sa table, tasses vides à la main.

— C'est quoi l'indice ? lui demanda-t-il.

— Bière retournée, digne d'un roi, lut la fille. Et la dernière lettre, c'est…

— Régal, la coupa Snake.

— Régal ?

— Oui, lager c'est de la bière, et si on retourne les lettres ça donne régal.

— Bien joué ! s'exclama la fille, tout sourire.

Elle remplit les dernières cases vides de la grille, avant de me rendre mon stylo.

Je reportai alors mon attention sur Snake. Se pouvait-il que ce soit lui, SheikSnap ?

La réponse ne se fit pas attendre. Au même instant, un passant l'interpella :

— Salut, Snake Hips !

J'écrivis ce nom sur le dos de ma main et barrai une par une les lettres qui formaient SheikSnap. Cela correspondait parfaitement. SheikSnap était bien l'anagramme de Snake Hips !

Il était temps de mettre mon plan en action.

Je sortis mon iPhone et envoyai le SMS qui allait déclencher toute l'opération.

Dix minutes plus tard, une femme s'engagea sur le trottoir, le visage caché derrière un foulard et une énorme paire de lunettes de soleil. Elle poussait un landau et tentait tant bien que mal de se frayer un chemin à travers les tables et les tabourets disposés devant le café. Énervée, elle finit par donner un grand coup dans le landau qui se renversa, déversant son contenu tout emmailloté sur le trottoir.

Choqué, je bondis de mon tabouret, mais Snake fut plus rapide que moi. Il s'élança vers le landau pour porter secours au bébé, mais la femme le poussa violemment par terre en hurlant de ne pas le toucher.

C'est alors qu'une seconde personne surgit de nulle part et fonça en direction de Snake. Puis la femme ramassa le bébé, le jeta dans le landau, et tous deux s'éloignèrent précipitamment

Snake se releva avant de s'écrier :

— Mon sac ! Ils m'ont pris mon sac !

■■■

Je retrouvai Brandon et PJ à l'endroit convenu au téléphone : derrière la caserne des pompiers. Ils se partageaient une cigarette.

— Alors, vous l'avez ? leur demandai-je.

PJ farfouilla dans le landau et en sortit le sac banane de Snake.

— Et le bébé, il n'a rien ?

— Bébé va bien, fit Brandon en singeant une voix d'enfant.

Il prit le bébé et le balança dans ma direction. Je tendis les bras pour l'attraper mais le manquai de peu. Il s'écrasa par terre. Je courus le récupérer. Là, je me rendis compte que le bébé avait des yeux en plastique et un petit trou au niveau de la bouche.

— C'est une poupée ! m'exclamai-je.

Ma réaction eut pour effet de déclencher un fou rire chez Brandon. Mais le rire se transforma rapidement en une toux déchirante, qui finit par remonter en un monstrueux glaviot que Brandon recracha sur le trottoir.

— Charmant, lâchai-je.

PJ m'adressa un regard désolé avant de me tendre le sac banane.

J'ouvris la fermeture éclair et regardai à l'intérieur. J'y trouvai d'abord un Styxx Charon puis, en dessous, un autre objet emballé dans du papier bulle. Je l'examinai à la lumière. C'était un écran, exactement de la même dimension que la coque du Cerberus.

Je plongeai la main dans ma poche et en sortis une liasse de billets que je donnai à PJ.

— Hé, j'en veux la moitié ! s'écria Brandon en essayant de lui arracher la liasse des mains.

— Il connaît les bonnes manières, ton petit copain, dis-je à PJ.

— C'est de Brandon que tu parles ? fit-elle. C'est vraiment l'hôpital qui se fout de la charité !

Bon, elle n'avait pas tort. Échafauder tout un plan en vue de voler un sac, ce n'était pas franchement glorieux non plus.

Je me contentai de hausser les épaules. En retour, elle me lança un de ses fameux clins d'œil.

— D'ailleurs, ce n'est pas mon petit copain, ajouta-t-elle.

Étonnamment, cette précision me fit plaisir.

Mais s'ils ne sortaient pas ensemble, alors pourquoi étaient-ils toujours fourrés l'un avec l'autre ?

Je ne tardai pas à obtenir la réponse.

— Allez, sœurette, donne-moi ma part, insista Brandon.

— On va voir ton docteur d'abord, répliqua PJ, d'un ton sans appel.

Je les regardai s'éloigner, avant de repartir dans la direction opposée.

20. *INCENDIE*

Je fis signe au premier taxi que j'aperçus. Mais avant de monter, je jetai un rapide coup d'œil au chauffeur. Je n'avais absolument pas envie de retomber sur celui qui m'avait kidnappé.

— Dominic, m'interpella-t-il, d'une voix à l'accent étranger.

Un taxi, un accent : c'est Luiz Antonio, conclus-je par association d'idées. *Il a peut-être été engagé par une autre compagnie de taxis.*

Je me penchai pour le regarder de plus près.

Non, il ne s'agissait pas de Luiz Antonio. Et pourtant son visage me paraissait plutôt familier.

— Je suis le père de Rashid, expliqua-t-il.

— Ravi de faire votre connaissance.

— Je t'ai vu courir beaucoup de fois. Tu es très rapide.

Génial. Moi qui voulais être tranquille, je n'allais pas pouvoir échapper à la conversation. C'était le père d'un camarade de classe, d'un coéquipier. Je ne voulais pas être impoli. Je montai donc à l'avant du véhicule et lui demandai de me conduire à Halcyon Grove.

— Ça te dérange si je laisse la radio ? me demanda-t-il.

— Pas du tout, je vous en prie.

Je me calai confortablement avant de fermer les yeux, écoutant d'une oreille distraite le bulletin d'information.

Des recherches approfondies sont en cours pour retrouver les corps de deux adolescents emportés par une brusque montée des eaux dans un conduit d'évacuation des eaux pluviales. Ils ont probablement été rejetés dans la mer.

Quelle horreur, pensai-je.

Mais je n'eus pas le temps de m'attarder davantage sur leur triste sort :

— Ton meilleur temps sur le mille cinq cents mètres est de quatre minutes, une seconde et quarante centièmes, affirma tout à coup le père de Rashid.

— Oui, répondis-je, stupéfait.

— Celui de mon Rashid est de quatre minutes, cinq secondes et vingt-deux centièmes.

— C'est une excellente performance.

— Bonne, mais pas excellente. Rashid court avec son cœur, pas avec sa tête.

Il n'avait pas tort. Rashid ne pouvait pas s'empêcher de démarrer au quart de tour pour prendre dès le départ la tête du peloton. Mais c'était là un mauvais calcul qui ne lui assurait jamais la victoire, car il ne tenait pas sur la distance.

À cet instant, le journaliste de la radio annonça :

Un incendie s'est déclaré ce matin dans une usine de Little Silicon Valley.

— Pourriez-vous monter le volume ? pressai-je le père de Rashid.

Il ne reste plus rien de l'usine, qui produisait des composants électroniques.

Pouvait-il s'agir de Case Logic ? J'imaginais parfaitement le scénario : déclencher un incendie puis profiter de la fumée et de la confusion générale pour se glisser dans l'entrepôt et y voler une coque. Violent, mais sérieusement efficace.

J'eus une pensée pour le patron, coureur de marathon. Il ne méritait vraiment pas de voir son usine partir en fumée.

■ ■ ■

Le père de Rashid me déposa devant l'entrée de Halcyon Grove. Lorsque j'arrivai à la maison, je trouvai Gus et Tristan dans la cuisine, en pleine partie d'échecs.

Tristan ?

Mais que foutait-il chez moi ? À jouer aux échecs avec mon grand-père, en plus !

— Dom, ton grand-père est un vrai champion, me lança-t-il.

— Ne l'écoute pas, fit Gus en levant les yeux vers moi.

Il me détailla de haut en bas, comme s'il procédait mentalement à un inventaire : tête, présente ; bras, présents ; jambes, présentes.

— Bon, je vous laisse jouer tous les deux, leur dis-je. Je vais me faire un petit entraînement sur le tapis de course.

C'était l'occasion de faire d'une pierre deux coups : courir et regarder les infos, car je voulais en savoir plus sur cette histoire d'incendie à Little Silicon Valley.

J'allumai la télévision avant de monter sur le tapis. C'était l'heure du point Bourse, Dow Jones, CAC 40 et autres Nikkei.

Je réprimai un bâillement. Comment faisait mon père pour s'intéresser à ces trucs-là ? Peut-être qu'après avoir rempli tous ses contrats vis-à-vis de La Dette, il avait estimé avoir eu sa dose de danger et d'adrénaline, et s'était depuis replié sur des activités beaucoup plus ennuyeuses.

Le présentateur du journal évoqua enfin l'incendie de Little Silicon Valley, et les images qui suivirent montrèrent l'usine surplombée d'un immense nuage de fumée, tandis que des pompiers tentaient de maîtriser le feu à l'aide de lances à eau.

Cette usine située sur Griffin Avenue produisait des circuits électroniques de haute précision, ce qui signifie que la fumée que vous apercevez derrière moi est potentiellement toxique, expliqua la journaliste envoyée sur place.

Ce n'était donc pas Case Logic qui avait été incendié !

Ma première réaction fut le soulagement : le marathonien n'avait pas perdu son usine. Mais je déchantai rapidement.

Cela ne pouvait pas être une simple coïncidence.

Les échanges d'e-mails entre Nitmick et ses deux complices me revinrent en mémoire. Chacun d'eux devait se procurer un composant précis. Pour Nitmick, il s'agissait de la coque. Pour Snake, alias SheikSnap, de l'écran.

Par élimination, LoverOfLinux devait récupérer le circuit électronique.

Et, apparemment, il ou elle avait réussi à mettre la main sur le troisième composant.

Sauf que je possédais les deux autres.

Une seule étape me séparait donc du Cerberus complet : trouver LoverOfLinux et lui subtiliser le circuit.

Je sautai du tapis de course en marche, prêt à me mettre au travail.

21. USURPATION D'IDENTITÉ

De retour dans ma chambre, j'installai mon ordinateur portable et celui de La Dette sur mon bureau. Je sortis ensuite le Styxx Charon de Snake et le mis en marche.

L'écran s'éclaira, avant de me demander un mot de passe.

Je connectai le smartphone au port USB de mon ordinateur. L'annonce *Veuillez patientez pendant l'installation des pilotes* apparut en bas de l'écran, puis la machine reconnut le périphérique.

J'allumai l'ordinateur de La Dette, lui ordonnai d'afficher la liste des réseaux Wi-Fi disponibles et cliquai sur SILVAGNINET. Il se mit à exécuter une série de commandes, et parvint en quelques secondes à craquer le mot de passe du Styxx Charon.

Je clonai alors l'écran du smartphone.

Cinq minutes plus tard, je vis surgir une fenêtre de messagerie instantanée.

Salut Snake Hips, ça fait longtemps ! avait envoyé une certaine Angie.

Je m'apprêtais à lui répondre, afin d'essayer de lui soutirer quelques informations, mais au même instant on frappa à ma porte. Je reconnus la voix de Miranda qui m'annonça :

— Tu as de la visite.

— Qu'on me laisse tranquille, ce n'est pas le moment, lui criai-je.

— Dom, fit une seconde voix. C'est moi. C'est Imogen.

Imogen !

Je bondis de ma chaise pour lui ouvrir la porte. Elle se tenait vraiment là, devant moi, dans une petite robe à fleurs.

Miranda s'éclipsa pour nous laisser en tête à tête.

— Je peux entrer ? demanda Imogen.

— Bien sûr, dis-je en m'écartant pour la laisser passer. Ta mère a accepté que tu sortes ?

— Non, je suis sortie en douce.

Elle s'adossa contre le mur, sous mon poster de Sebastian Coe, médaillé d'or olympique. Je restai debout à côté de mon bureau.

J'avais invité Imogen dans ma chambre des tas de fois, pour jouer, pour faire nos devoirs, ou simplement pour passer des heures à traîner. Mais à présent, cela me faisait vraiment bizarre de me retrouver là avec elle. Comme si ni l'un ni l'autre ne savions plus où nous mettre.

Elle me fixait. Je la fixais. Sans un mot.

— J'ai appris pour ton exclusion, finit-elle par lâcher. Et pour ton interdiction de concourir aux championnats nationaux.

— Ah.

— Oui, je suis vraiment désolée pour toi, Dom.

À cet instant, je me rendis compte que j'avais été beaucoup trop accaparé par La Dette pour m'apitoyer sur mon propre sort. Mais Imogen venait en quelque sorte de me donner le feu vert pour le faire.

Je pris conscience de l'énormité de la situation. Les championnats nationaux me passaient sous le nez. J'allais rater la chance de ma vie.

Je m'effondrai sur mon lit, les larmes aux yeux. Je me sentais complètement vide.

— Dom, ça va ? s'inquiéta Imogen.

Non, ça n'allait pas.

Les championnats nationaux, bon sang ! La Dette venait de foutre en l'air tous mes espoirs de carrière. C'était tellement injuste !

Les vannes étaient ouvertes, les larmes se mirent à ruisseler sur mon visage.

Imogen vint s'asseoir près de moi. Je pouvais sentir son parfum. Elle mit ses bras autour de moi et approcha son visage du mien.

L'instant d'après, nos lèvres se touchèrent.

Puis elle s'écarta, me laissant seul dans un autre univers, à des années-lumière de la Terre.

— Dom, il faut qu'on parle.

Son ton me ramena brusquement à la réalité, mais je ne pus prononcer le moindre mot. Impossible de penser à autre chose qu'à ce baiser, aux lèvres d'Imogen posées sur les miennes.

— Dom, tu m'écoutes ? Il faut qu'on parle.

Oui, Imogen, je t'écoute. Figure-toi que de mon côté, ça fait des semaines que j'essaye de te parler.

Mais bon, ce n'était peut-être pas le moment idéal pour remuer le couteau dans la plaie.

— Qu'on parle de la fois où j'ai mis le feu à la piscine de Tristan ? risquai-je.

— Pas seulement. Qu'on parle de tout.

Comment ça, de tout ?

— Je vois bien que tu n'es plus comme avant, Dom.

— C'est normal, j'ai quinze ans. Mon corps change, je déborde de testostérone !

Imogen secoua la tête, insensible à ma plaisanterie.

— Tu ne veux rien me dire, c'est ça ?

Je fis non de la tête.

— Je ne peux pas en parler. Mais je veux qu'on reste amis, Im. Je t'en supplie.

Derrière elle, je vis une nouvelle fenêtre de discussion instantanée s'ouvrir sur l'ordinateur.

Je l'ai ! disait le message qui provenait d'un certain Fred.

Il parlait forcément du circuit. Plus de doute possible : je tenais LoverOfLinux.

Mon regard passa de l'écran à Imogen. Imogen dans sa jolie robe à fleurs. Imogen, que je venais d'embrasser.

Elle affichait un air compatissant, comme si elle cherchait à tout prix à comprendre, à m'aider.

Mais mes yeux se reportèrent sur l'ordinateur, attirés comme un aimant par le message qui venait d'arriver. *Je l'ai !*

— Je suis désolé, Im, mais c'est vraiment important, dis-je en pointant l'écran du doigt.

— Tu es vraiment insupportable, Dom ! s'écria-t-elle avant de quitter ma chambre en claquant la porte derrière elle.

Je regagnai ma place devant l'ordinateur et envoyai à Fred le message suivant : *J'ai vu les infos.*

Il me répondit aussitôt *Rdv ce soir à l'endroit habituel.*

Problème. Le vrai Snake Hips savait de quel endroit il s'agissait, alors que je n'en avais pas la moindre idée.

Je tapai : *C'est trop dangereux, retrouvons-nous ailleurs.*

Fred mit un certain moment à répondre. Il commençait peut-être à sentir l'entourloupe.

Mes soupçons se confirmèrent lorsqu'il finit par m'envoyer : *Modes aptes ?* Je compris aussitôt qu'il s'agissait d'une anagramme de *mot de passe.*

Snake et lui avaient sûrement pris soin de convenir d'un mot de passe pour se protéger.

Qu'est-ce que cela pouvait bien être ?

Tarte aux pommes, me dis-je en repensant à la conversation que j'avais eue avec Nitmick dans les toilettes du casino.

J'envoyai le message à Fred, et une seconde plus tard il apparut hors ligne.

Je restai devant l'ordinateur, espérant que c'était seulement son téléphone qui l'avait lâché et qu'il allait bientôt se reconnecter.

Mais j'attendis en vain.

LoverOfLinux venait de me filer entre les doigts.

22. TRAQUE

Je n'avais quasiment pas dormi de la nuit, ressassant tout un tas d'idées dans ma tête pour parvenir à mettre la main sur LoverOfLinux.

Nous étions déjà samedi, le jour de l'anniversaire d'Anna, la fille qui m'avait lancé mon troisième contrat. Les heures m'étaient comptées.

Je me décidai à sortir pour mon entraînement matinal. Cela m'aiderait peut-être à mettre mes pensées au clair.

— Je vais courir, je reviens dans pas longtemps, prévins-je ma mère après le petit déjeuner.

— D'accord, fit-elle. Je sors ce matin, mais Gus va venir à la maison.

Je suivis mon trajet habituel, empruntai Byron Street puis traversai le quartier de Chevron avant de remonter la côte du Tord-Boyau et de longer la forêt du Prêcheur.

Je ralentis en passant devant le sentier principal.

Pour être honnête, je n'appréciais pas particulièrement cet endroit, malgré le fait que des événements importants s'y soient déroulés. C'était là que le Zolt nous avait fait atterrir lors de mon premier contrat, et que je m'étais débarrassé d'un scooter volé lors du deuxième. Sans oublier la fois où les hommes de La Dette m'avaient injecté un tranquillisant, et où je m'étais réveillé à Brisbane.

Mais le troisième contrat que m'avait confié La Dette se retrouvait désormais au point mort. Il fallait que je relance la machine, sans perdre une minute. Et à cet instant, je me sentais prêt à braver tous les dangers.

Je m'engageai donc dans la forêt du Prêcheur et suivis le chemin menant jusqu'au lac.

Malgré le temps radieux, il n'y avait pas grand monde, mis à part quelques cyclistes.

Alors, lorsque j'aperçus deux silhouettes sur ma gauche, je ne pus m'empêcher de les observer avec plus d'insistance que je n'aurais dû.

Et bien m'en prit, car je reconnus Brandon et sa sœur PJ.

Que faisaient-ils dans le coin?

Je modifiai légèrement ma trajectoire, de façon à pouvoir garder un œil sur eux. Mais ils disparurent soudain de mon champ de vision.

M'avaient-ils repéré? Cherchaient-ils à m'éviter?

Je m'approchai, et compris rapidement par où ils étaient passés.

Une grille métallique avait été déplacée, donnant accès à un conduit d'évacuation des eaux pluviales. Le conduit mesurait presque deux mètres de diamètre, mais il n'y avait aucune trace d'eau à l'intérieur.

Brandon et PJ vivaient-ils là? J'avais déjà entendu des histoires semblables, de gens qui trouvaient refuge dans de tels conduits d'évacuation. Et le fait-divers entendu à la radio me revint en mémoire : les deux adolescents emportés vers la mer, leurs corps introuvables.

Quand j'arrivai à hauteur du lac, je m'assis sur un vieux banc décrépit. Mes yeux se posèrent sur un canard qui filait sur l'eau. Au loin, j'entendais les élucubrations du prêcheur.

Je ne bougeai pas lorsque je vis ce dernier se diriger dans ma direction.

Ni même quand je pus distinguer très nettement ses cheveux hirsutes et son regard dément.

J'avais besoin de forcer le destin. La réussite de mon troisième contrat en dépendait.

Le prêcheur s'arrêta à un mètre de mon banc. L'odeur pestilentielle qu'il dégageait aurait pu faire fuir un putois.

— Et tous ceux qui se trouvaient en détresse, tous ceux qui étaient endettés et mécontents, se rassemblèrent autour de lui ! s'égosilla-t-il, tel un animal enragé.

En détresse ? Endetté ? Mécontent ?

Cela ne pouvait pas être une simple coïncidence, si le prêcheur m'avait adressé ces mots-là.

— Qu'est-ce que vous voulez dire ? lui demandai-je.

Il me dévisagea, et à cet instant j'eus l'impression que, pour la première fois, je le voyais tel qu'il était vraiment. Au-delà de sa crasse et de sa folie. Et il me parut étrangement familier. Mon intuition me poussait à lui faire confiance.

Les yeux toujours fixés sur moi, il ouvrit la bouche comme s'il était prêt à me faire une révélation. Mais il la referma avant de s'éloigner en silence.

Lorsqu'il fut parti, je reportai mon attention sur le lac. Le canard s'était caché derrière des roseaux, mais les remous à la surface de l'eau laissaient encore deviner les traces de son passage.

C'est alors que je compris pourquoi Fred avait eu recours à la messagerie instantanée pour contacter Snake. Comme son nom l'indiquait, il s'agissait d'un moyen de communication instantané, de messages éphémères envoyés en temps réel.

Mais cela ne garantissait pas une discrétion totale.

Car j'étais bien placé pour le savoir : tout ce que l'on fait sur un ordinateur laisse une trace. Sans oublier qu'au moment où le téléphone de Snake avait reçu le message de Fred, il était cloné sur l'ordinateur de La Dette.

Ce qui voulait dire que la session y avait forcément été enregistrée.

Tout n'était donc pas perdu !

Je pouvais retrouver le logiciel de messagerie instantanée, puis les identifiants de Fred ainsi que son adresse IP afin de découvrir sa véritable identité.

Revigoré par cette découverte, je bondis de mon banc et regagnai Halcyon Grove en courant à toute vitesse.

Lorsque je franchis l'entrée du domaine, je croisai le van jaune et bleu d'un coursier qui en sortait. À première vue, cela n'avait rien d'étonnant : les résidents faisaient sans arrêt appel à ce genre de services, surtout des gens tels que Mrs Havilland, qui mettait rarement le pied dehors.

Une fois rentré, je trouvai Gus et Tristan dans la salle à manger, occupés à installer les pièces d'une nouvelle partie d'échecs.

— Tu n'as plus de maison ou quoi ? vociférai-je à Tristan.

Gus me lança un regard noir.

Mais je n'étais plus d'humeur à être gentil.

Dom gentil, c'était avant La Dette.

— C'est ça, répliqua Tristan. Au fait, le service de coursier est passé récupérer les trucs dans ta chambre.

— Quels trucs ? m'alarmai-je, une boule d'angoisse grossissant dans ma gorge.

— Oui, je suis arrivé ici plus tard que prévu, alors c'est Tristan qui a ouvert la porte, ajouta Gus, en haussant les épaules.

Je grimpai l'escalier quatre à quatre et me précipitai dans ma chambre.

Trop tard.

Le smartphone de Snake avait disparu. De même que la coque et l'écran du Cerberus.

LoverOfLinux avait eu la même idée que moi. Sauf qu'il était passé à l'action en premier.

Je redescendis au rez-de-chaussée et empoignai Tristan par son t-shirt.

— Tu l'as laissé entrer dans ma chambre ? hurlai-je. Mais qu'est-ce que tu as dans le crâne, gros con !

— Non, je te jure, protesta-t-il. Ils sont arrivés tous les deux et m'ont montré des formulaires signés. Ils avaient l'air de savoir ce qu'ils faisaient.

— Tous les deux ? repris-je en le secouant de plus belle. Depuis quand les coursiers se baladent en groupe ?

— Dom, lâche-le, s'interposa Gus en m'attrapant par les poignets. C'est moi le responsable.

Je levai les yeux vers lui et son air penaud. Il avait raison : Tristan n'y était pour rien. Si Gus s'était bien trouvé à la maison comme prévu, rien de tout cela ne serait arrivé.

Je vis qu'il ne portait pas sa prothèse, et que son moignon dépassait de son short. Toute ma colère se concentra alors sur ce bout de chair, cette trace de son cuisant échec.

— Pas étonnant que tu n'aies pas pu rembourser La Dette, crachai-je.

Je regrettai immédiatement mes paroles, mais je n'eus pas le temps de me confondre en excuses car au même moment mon iPhone se mit à sonner.

C'était Hound. Je décrochai.

— Vous ne me lâchez jamais ? lui demandai-je d'un ton hargneux. Ça vous amuse de toujours traîner dans mes pattes, comme un petit chien ?

Vu la situation, je n'avais plus rien à perdre.

— Tu as jusqu'à minuit, dit-il.

— Pour faire quoi ?

— Pour me trouver des dossiers sur Guzman.

— Et sinon quoi ? Qu'est-ce qu'il va me faire, le chien-chien ?

Il y eut un silence.

— Devine ce qui doit être vraiment très difficile ? fit-il d'une voix glaçante.

— Je n'en sais rien.

— Arriver à préparer de la crème glacée quand on se retrouve avec les os des deux mains réduits en miettes. Pas facile de tenir un fouet, après ça.

Mon sang se glaça.

— Surtout celle au thé vert et au litchi, poursuivit-il. Parce qu'il faut bien la fouetter, celle-là.

Puis il mit fin à la communication. Je restai pétrifié par sa terrible menace.

Hound bluffe, tentai-je de me persuader. Il ne me restait que quelques heures pour achever mon troisième contrat, je n'avais absolument pas le temps d'enquêter sur Guzman.

Mais le doute persistait : et si Hound était sérieux ? S'il mettait sa menace à exécution ?

Je ne pouvais quand même pas le laisser ruiner la vie de mon petit frère.

Mon cerveau se mit à tourner à cent à l'heure. Je savais que Guzman avait un lien avec Nitmick car le jour où nous l'avions hameçonné et embarqué, ils m'avaient tous deux donné l'impression de très bien se connaître. Et puis, j'avais croisé Guzman au Café Cozzi, il était donc peut-être également lié à Snake.

Hound voyait juste : il était temps de sortir les dossiers sur Guzman.

— Tout va bien, Dom ? s'enquit Tristan, l'air perplexe. Gus avait disparu.

— Pas vraiment, rétorquai-je en me précipitant vers ma chambre.

■ ■ ■

Le plan était tout trouvé : pour obtenir le maximum d'informations sur Guzman, il me fallait avoir accès à ses conversations téléphoniques.

L'ordinateur de La Dette trônait toujours sur mon bureau. Il savait parfaitement hacker les réseaux ou craquer les mots de passe. Malheureusement, je ne voyais pas de quelle façon j'aurais pu m'en servir pour mettre le téléphone de Guzman sur écoute.

Alors comment faire ?

À tout hasard, je fis quelques recherches sur Google, mais cela ne donna rien.

J'essayai ensuite Astalavista, et je réussis à trouver un programme appelé PhoneSpy qui semblait correspondre à ce que je cherchais. Mais à la fin du téléchargement, mon antivirus se mit à s'affoler : j'étais tombé sur un cheval de Troie.

Je le supprimai sans plus attendre.

Et maintenant ?

Je réfléchis quelques instants. Soudain, cela m'apparut comme une évidence.

La solution se trouvait sous mes yeux : mon propre téléphone. Mais bien sûr ! Pourquoi n'y avais-je pas pensé avant ?

Par le passé, j'avais déjà été mis sur écoute. À quatre reprises !

Par Zoé.

Par Hound.

Par la police.

Et par Cameron Jamison.

Tout ce que j'avais à faire, c'était de procéder de la même façon qu'eux.

Mon téléphone avait été infecté par un spyware après que j'eus ouvert un SMS envoyé par Zoé. La technique était efficace, mais Guzman s'y connaissait trop bien en informatique pour tomber dans le panneau. Et s'il se rendait compte que j'étais à l'origine de la manœuvre, il me le ferait payer.

Quant à la police, impossible de rivaliser : le gouvernement mettait de sérieux moyens à sa disposition, tels que l'armée de terre, de l'air, et la marine.

Cela ne me laissait plus que les méthodes de Hound et de Cameron Jamison.

D'après Miranda, Hound surveillait mes conversations téléphoniques à l'aide d'un appareil appelé « IMSI-catcher ».

C'était dans la poche : il ne me restait plus qu'à lui emprunter cet appareil. Rien de plus simple. Après tout, je travaillais pour lui. Il ne pouvait pas me le refuser.

Je lui envoyai donc un SMS : *J'ai besoin d'emprunter votre imsi-catcher.*

Sa réponse me parvint en quelques secondes : *Je ne vois pas de quoi tu parles.*

Bizarre.

Peut-être que Hound ne voulait rien dire parce qu'il se croyait surveillé, lui aussi.

Peut-être essayait-il de me mettre à l'épreuve.

Ou peut-être disait-il la vérité, et ne savait vraiment pas ce dont il s'agissait.

Quoi qu'il en soit, j'allais devoir me procurer moi-même ce fameux IMSI-catcher.

Un petit tour sur Google m'apprit qu'on pouvait tout simplement en acheter dans des boutiques spécialisées en matériel d'espionnage. Il existait même plusieurs modèles différents.

Seul bémol : toutes les boutiques qui en vendaient se trouvaient au Royaume-Uni.

Il existait bien des magasins de ce genre en Australie, mais je ne trouvai aucune trace d'IMSI-catcher dans la liste des produits qu'ils proposaient.

Pas besoin d'être une lumière pour en déduire que la vente de ce type de gadget y était illégale. Après tout, cela tombait sous le sens.

Mais qui me disait que les magasins d'espionnage ne les vendaient pas sous le manteau ?

Je n'avais qu'un seul moyen de le savoir.

23. SPY SHOP

Je me remémorai une conversation entre Will Goodes et Matt Robertson, deux élèves de Coast Grammar, qui ne tarissaient pas d'éloges au sujet de Spy Shop, une boutique spécialisée en matériel d'espionnage qui venait d'ouvrir ses portes dans le quartier de Surfers Paradise.

— Ils vendent une fausse canette de coca avec caméra intégrée ! s'était exclamé Will.

— Et même une montre dotée d'un enregistreur vocal ! avait renchéri Matt.

— Bof, à quoi ça pourrait bien vous servir, tous ces machins ? leur avait lancé un rabat-joie.

Ça pourrait servir à pas mal de choses, m'étais-je dit sur le coup, en me promettant d'aller faire un tour dans cette boutique géniale.

Et c'était l'occasion rêvée.

Pour m'y rendre, il me fallut emprunter deux bus différents.

Dans le premier, aucun problème à signaler : je montai à bord et achetai un ticket avant d'aller m'asseoir, puis descendis au bon arrêt.

Mais dans le second, le scénario ne fut pas le même. J'étais installé dans le fond du bus, les yeux rivés sur mon iPhone, occupé à chercher des informations sur les IMSI-catchers, lorsque deux garçons plus âgés que moi vinrent s'asseoir sur la banquette qui se trouvait juste devant la mienne.

— Alors, on sèche les cours, morveux ? me lança le plus grand des deux.

— Même pas, il se trouve que j'ai été exclu de mon collège, rétorquai-je en le visant droit dans les yeux.

Il échangea un regard avec son acolyte, l'air de dire : *celui-là ne s'écrase pas aussi facilement que les autres, ça va donc être amusant de le secouer un peu.*

— Et si tu nous laissais jeter un œil à ton portable, me dit le second en me tendant sa main, paume ouverte.

— Je ne crois pas que ce soit une bonne idée, rétorquai-je, sachant pertinemment que si je m'exécutais, je ne reverrais plus jamais mon iPhone.

Avant La Dette, je n'aurais pas autant résisté : je me serais contenté de leur donner ce qu'ils me demandaient, puis je serais rentré chez moi pour tout raconter à mes parents, qui m'auraient félicité d'avoir fait profil bas pour éviter de me faire blesser, et m'auraient tout simplement offert un nouveau téléphone.

Mais ça, c'était avant La Dette.

Je vis les deux petites frappes échanger un regard, et décidai de passer à l'offensive :

— Foutez-moi la paix, ou je vous jure que je vous ferai la misère.

Ils échangèrent à nouveau un regard, et je perçus une lueur de doute sur le visage de l'un d'eux.

Aussitôt, je braquai mes yeux sur lui et lançai :

— Je vous laisse exactement une minute pour dégager.

— Ne l'écoute pas, il bluffe, lui dit son ami.

Je vis l'autre hésiter. Il ne savait plus qui croire : son ami ou moi.

Je me contentai d'afficher un sourire en coin.

Il finit par se lever pour aller s'asseoir plus loin dans le bus. J'avais gagné la partie.

L'autre me jeta un regard noir.

— Tu le paieras, cracha-t-il avant d'aller rejoindre son ami.

Je descendis à l'arrêt suivant.

Situé dans une galerie marchande plutôt glauque, le Spy Shop était coincé entre la boutique d'un prêteur sur gages, deux sex-shops, et un autre magasin qui ne semblait pas vendre le moindre produit.

La façade flambant neuve du Spy Shop détonnait dans ce décor.

Dès que je mis le pied dans la boutique, le gérant, un homme très élégant aux cheveux longs coiffés en queue-de-cheval, me lança :

— Ici, on touche avec les yeux seulement, c'est bien compris ?

J'obtempérai, et fis le tour du magasin sans rien toucher.

Will Goodes et Matt Robertson n'avaient pas menti : l'endroit était vraiment génial. Et c'était beaucoup plus sympa de voir tous ces gadgets d'espionnage en vrai plutôt qu'en photo sur internet.

Toutefois, je ne vis pas le moindre appareil ressemblant de près ou de loin à un IMSI-catcher. Il me restait à trouver comment aborder ce sujet délicat avec le gérant, qui était désormais au téléphone.

— Oui, nous avons bien le MorphVoc 3 en stock, l'entendis-je répondre dans le combiné.

D'après mes souvenirs de recherche sur Google, il s'agissait d'un modulateur de voix.

Je tenais mon accroche pour entamer la conversation.

— Vous parliez bien du modèle Bluetooth ? lui demandai-je après qu'il eut raccroché.

— Il n'existe aucun modèle Bluetooth, rétorqua-t-il.

Je me sentis aussi petit et insignifiant qu'un jouet de Happy Meal.

— Ah non, je te dis des bêtises, se contredit-il aussitôt. Une version Bluetooth a bien été produite, mais comme elle n'était vraiment pas au point, j'ai préféré ne pas la commander. Tu t'y connais, on dirait, ajouta-t-il avec un sourire.

La conversation était bel et bien engagée. Nous commençâmes par discuter des différents gadgets présents dans la boutique.

Je pris soin de m'en tenir à mon rôle : je voulais qu'il me voie comme un geek qui s'intéressait seulement au matériel d'espionnage. Pas comme un geek qui comptait s'en servir à des fins plus ou moins malhonnêtes.

Puis le gérant, qui s'appelait Hanley, me parla un peu de lui.

Quand il était plus jeune, il faisait partie de ces gamins qui ont le besoin viscéral de comprendre comment fonctionnent les appareils électroniques. Alors il s'amusait à les démonter puis à les réassembler. Encore et encore.

Il avait grandi en Nouvelle-Zélande, puis était venu s'installer en Australie pour étudier l'électrotechnique à l'université, mais il avait abandonné avant d'obtenir son diplôme. Après quelques mois d'errance, il était tombé sur l'annonce de Spy Shop, qui cherchait à étendre son réseau de franchise. Sautant sur l'occasion, il n'avait pas hésité à persuader ses parents de lui avancer l'argent nécessaire pour ouvrir son propre magasin. Et pour l'instant, les affaires marchaient plutôt bien.

Hanley était du genre causeur, et ne tarda pas à me tendre une perche monumentale :

— Évidemment, tout n'est pas en exposition, me confia-t-il à mi-voix. Il y a certains appareils que je préfère garder sous le comptoir, si tu vois de quoi je parle.

Je voyais très bien, mais je ne savais toujours pas comment aborder avec tact la question de l'IMSI-catcher. Alors je me lançai, sans chercher à faire dans la subtilité :

— Vous n'auriez pas un IMSI-catcher, par hasard ?

— Tiens, c'est drôle que tu me poses cette question, car figure-toi que j'en ai justement un, fit-il à voix basse.

Il alla verrouiller la porte du magasin et retourna le panneau qui y était accroché pour qu'il affiche *FERMÉ*. Puis il revint vers moi et me confia qu'il avait fabriqué un IMSI-catcher de ses propres mains.

— Sérieusement, vous l'avez fait vous-même ? m'étonnai-je.

— Bien sûr. Je venais de voir sur le net qu'un Américain en avait fabriqué un. Alors je me suis dit, pourquoi pas moi ? Ce n'est pas parce que je n'ai pas eu mon diplôme que je suis un incapable.

— Et vous êtes sûr qu'il marche correctement ?

— Oui, il fonctionne parfaitement, répondit-il, une pointe de fierté dans la voix.

— Ça vous dirait que je le teste pour vous ? risquai-je.

Grossière erreur.

Il m'adressa la question que je redoutais :

— Et pourquoi aurais-tu besoin d'un IMSI-catcher ?

Bonne question.

— Je voudrais me venger d'un sale type qui s'appelle Guzman, bredouillai-je. Il a infecté mon téléphone portable avec un spyware.

Hanley demeura pensif un moment, puis finit par lâcher :

— C'est d'accord, mais je te le laisse seulement pour ce soir.

Il se mit à farfouiller sous son comptoir.

Je m'attendais à ce qu'il en sorte une boîte noire couverte de diodes, à l'image de ce que j'avais trouvé sur internet. Mais tout ce qu'il me présenta, ce fut une clé USB basique, et une antenne à l'aspect plutôt pitoyable. On était bien loin du matériel high-tech que je m'étais figuré.

— C'est ça, l'IMSI-catcher ? m'étonnai-je, déçu.

— Oui, fit-il, tout fier. Tu n'as plus qu'à installer le programme sur ton ordinateur et brancher l'antenne dans le port USB. Et tu pourras te venger de ce Guzman.

24. UNE COÏNCIDENCE TROUBLANTE

En rentrant chez moi, je ne savais plus trop quoi penser de cette histoire d'IMSI-catcher fait maison : Hanley s'était-il payé ma tête ou non ?

Lorsque je branchai sa clé USB et son antenne sur mon ordinateur, il ne se passa strictement rien. Le message habituel, *nouveau périphérique détecté*, ne s'afficha même pas à l'écran.

Je m'étais bel et bien fait avoir. J'imaginai Hanley, mort de rire, racontant à qui voulait l'entendre qu'il avait fait une grosse blague à un gamin un peu naïf.

Je débranchai la clé pour l'examiner, et c'est là que j'aperçus une sorte de petit interrupteur à l'arrière. Il était en position verrouillée. Je le fis basculer de l'autre côté, puis rebranchai la clé dans le port USB.

Miracle !

Nouveau périphérique détecté.

Veuillez patienter pendant l'installation des pilotes.

Lorsque ce fut fini, une fenêtre d'invite de commande

apparut à l'écran et du langage de script se mit à défiler à toute vitesse sur le fond noir.

J'essayai d'en capter quelques bribes, mais c'était beaucoup trop technique pour moi.

Puis l'invite de commande disparut.

Ça y est ? Le programme est installé ?

Rien.

Et si Hanley s'était vraiment payé ma tête ? Peut-être venais-je d'installer un virus sur mon ordinateur.

Tout à coup, une boîte de dialogue apparut à l'écran.

Entrez le numéro du téléphone cible.

Je tapai le dernier numéro de la liste que Hound m'avait donnée, celui dont Guzman se servait le plus fréquemment.

Plusieurs fenêtres d'invite de commande s'ouvrirent simultanément pour exécuter du langage de script.

Lorsque ce fut terminé, une autre boîte de dialogue s'afficha : *Numéro localisé avec succès, le téléphone cible est actuellement sous surveillance.*

J'attendis quelques minutes, mais il ne se passa absolument rien. Guzman ne recevait ni n'émettait aucun appel. Ce qui me parut étrange. Il devait forcément être en contact avec des gens. Sa mère, son banquier, n'importe qui.

Quoique c'était peut-être une question d'heure, aussi. J'ignorais si Guzman était le genre de geek qui passait la nuit devant son écran et roupillait ensuite toute la journée.

Ou alors cet IMSI-catcher n'était tout simplement pas au point, tout compte fait.

À cet instant, mon ordinateur portable émit un bip et une autre boîte de dialogue surgit.

Guzman venait de recevoir un SMS !

Son opérateur, Telstra, lui proposait de nouveaux forfaits à des tarifs défiant toute concurrence.

Génial.

Mais soudain, tout devint nettement plus intéressant. Une énième boîte de dialogue s'afficha : *Le téléphone cible appelle le numéro suivant 31157550.*

Les haut-parleurs de mon ordinateur retransmirent alors la conversation.

Au bout de quelques sonneries, un homme à l'accent chinois décrocha :

— Allô ?

— Rendez-vous sur la messagerie instantanée, ordonna Guzman.

— Impossible, le réseau Wi-Fi est en dérangement.

— Putain, c'est pas vrai !

— On peut parler au téléphone. Pas de problème. Personne n'écoute.

Guzman hésita quelques secondes avant de répondre :

— Bon. J'aurais besoin que vous m'assembliez un appareil.

— Quel genre d'appareil ?

— Vous verrez bien.

— Non, je veux savoir maintenant. Sinon je ne le fais pas.

Il y eut un silence, puis Guzman finit par lâcher :

— Un Cerberus.

L'homme à l'accent chinois émit un sifflement admiratif, avant de déclarer :

— Ça coûtera 100 000 dollars.

— Quoi ? Vous plaisantez !

— 10 000 pour la main-d'œuvre, et 90 000 pour mon silence.

Guzman ne répondit pas tout de suite, et je crus l'espace d'une seconde qu'il allait raccrocher. Mais il finit par se résigner :

— D'accord, marché conclu. J'arrive dans une demi-heure.

Puis il mit fin à la communication.

J'étais estomaqué. Guzman avait-il bien mentionné le Cerberus ?

Se pouvait-il que ce soit lui, LoverOfLinux ?

Ou alors était-ce une simple, mais néanmoins improbable, coïncidence ?

Je me remémorai la fois où nous avions hameçonné Nitmick, et l'impression que j'avais eue que lui et Guzman se connaissaient plutôt bien. Sans compter que Guzman fréquentait le Café Cozzi et, par extension, Snake, alias SheikSnap.

Le doute n'était donc plus permis. Ce ne pouvait être que Guzman qui se cachait derrière le pseudonyme LoverOfLinux. C'était forcément lui le troisième complice.

Ce qui me troublait vraiment, c'était le fait d'avoir découvert ce détail par hasard, en mettant Guzman sur écoute pour le compte de Hound.

Hound savait-il que mon troisième contrat tournait autour du Cerberus ? Travaillait-il pour La Dette ?

Cependant, je n'avais pas le temps de creuser cette piste, il me fallait absolument découvrir où Guzman allait se rendre pour faire assembler le Cerberus.

Et le temps me filait entre les doigts.

Alors je fis la chose la plus évidente du monde : je composai le même numéro, celui de l'homme à l'accent chinois.

— Allô ? fit-il.

— Oui, bonjour, j'ai un appareil à faire réparer, prétextai-je.

— Qui êtes-vous ?

— Dominic.

Mais cette réponse ne sembla pas lui convenir, car il raccrocha aussitôt.

Je rappelai le numéro, sans succès. Il n'y avait plus aucune tonalité. Mon numéro avait sans doute été bloqué.

Et maintenant, comment faire pour trouver le lieu en question ?

La solution m'apparut comme une évidence : l'annuaire inversé. J'entrai ces mots-clés dans Google, qui me fournit une liste bien fournie de sites proposant de trouver une adresse n'importe où en Australie à partir d'un numéro de téléphone.

Je me rendis sur le premier site puis tapai le numéro de l'homme à l'accent chinois dans la boîte de recherche avant de cliquer sur entrée. J'obtins la réponse suivante :

Une adresse correspondant à ce numéro a été trouvée. Veuillez entrer votre numéro de carte de crédit pour la consulter.

Le monde entier s'était-il donné le mot pour me mettre des bâtons dans les roues, ou quoi ?

Je dus me résoudre à taper de mémoire le numéro de la carte de crédit de mon père. Je m'en étais servi à de nombreuses reprises par le passé, quoique toujours avec sa permission. Mais cette fois, je n'avais pas le choix, alors tant pis pour les convenances. Sur la page suivante, on me demanda de confirmer le paiement de 5,95 $, ce que je m'empressai de faire. Puis, enfin, l'adresse s'afficha sur mon écran : *Atelier 4K, Bazar Electric, Chinatown.*

Je l'imprimai et fourrai la feuille dans ma poche avant d'appeler un taxi.

Mais alors que je m'apprêtais à sortir de ma chambre, un détail me vint à l'esprit : pour me rendre à cet atelier, il me fallait un alibi.

Je récupérai donc mon iPhone 5 à l'écran fracassé et le glissai également dans ma poche.

En traversant le rez-de-chaussée pour sortir, je ne vis personne. Seul un jeu d'échecs trônait sur la table du salon, attendant qu'on commence une partie.

J'attendis le taxi dehors, le maudissant intérieurement de n'être pas déjà arrivé.

C'est alors que Tristan fit son apparition.

— Hé ! me salua-t-il. Tu vas quelque part ?

— Oui.

— Où ça ?

— Au Bazar Electric. Je dois faire réparer mon iPhone.

— C'est un endroit hyper mal famé, tu sais.

Au même instant, j'aperçus le taxi et lui fis un signe pour qu'il sache que c'était bien moi le client.

— Ça te dérange si je viens avec toi ? me demanda Tristan.

Oui, ça me dérange, pensai-je aussitôt. Ça me dérange même beaucoup.

Mais à bien y réfléchir, ce n'était pas une si mauvaise idée. Cela renforcerait mon alibi : *Mais, monsieur l'agent, moi et mon pote on est seulement venus dans le coin pour faire réparer mon iPhone.*

Et puis, je ne pensais pas que Tristan risquait quoi que ce soit. Guzman était loin d'être menaçant, avec ses petits muscles de geek atrophiés.

— Non, c'est bon, répondis-je donc à Tristan. Enfin, seulement si tes parents sont d'accord.

— Et pourquoi ne seraient-ils pas d'accord ?

Pourquoi ? *Eh bien, peut-être parce que la dernière fois que tu es venu avec moi, on t'a tiré dessus, ce qui t'a fait péter un plomb et t'a poussé à voler une Maserati que tu as envoyée droit dans le décor, te retrouvant ainsi plongé dans le coma.*

— OK, alors monte, lui dis-je en lui ouvrant la portière du taxi.

25. BIZARRE ELECTRIC

Le Bazar Electric, un building de six étages planté au beau milieu du quartier chinois de Gold Coast, était une véritable fourmilière grouillant d'escalators dans tous les sens, et abritant d'innombrables commerces et ateliers clandestins.

C'était l'endroit idéal pour tous ceux qui voulaient trouver un numéro de série permettant d'utiliser gratuitement un logiciel payant, se procurer toutes sortes de programmes pirates, ou encore faire assembler un Cerberus.

— Tu peux encore faire demi-tour, tu sais, dis-je à Tristan alors que nous venions de franchir l'entrée du building.

— Tu déconnes ! Cet endroit est génial !

Je commençais à culpabiliser de l'avoir emmené avec moi. Après tout, c'était déjà à cause de La Dette qu'il s'était retrouvé dans le coma. Je ne voulais surtout pas qu'un tel incident se reproduise.

Mais d'un autre côté, je me disais qu'il me serait probablement utile, et pas seulement en tant qu'alibi. Car je n'avais aucun plan, pas la moindre idée sur la façon dont j'allais bien pouvoir récupérer le Cerberus.

Pour commencer, je n'étais même pas certain de me trouver au bon endroit.

Guzman était un garçon plutôt malin, il me l'avait prouvé en réussissant à s'introduire chez moi sous un déguisement de coursier. Il n'aurait pas donc été si surprenant qu'il ait disséminé de faux indices pour que je me retrouve sur une fausse piste.

La première chose à faire, c'était de vérifier l'existence de l'atelier 4K. Je supposai qu'il se trouvait au quatrième étage, alors Tristan et moi nous y rendîmes sans plus tarder.

Mais une fois sur place, nous ne trouvâmes aucune trace de l'atelier en question, et aucune porte n'était numérotée.

Je me dirigeai vers la première personne que j'aperçus pour lui demander des informations.

L'homme n'avait jamais entendu parler de 4K.

— Vous voulez des DVD ? fit-il alors que je tournais les talons. Top qualité !

La deuxième personne à qui j'allai parler fut également incapable de me répondre.

— Vous cherchez des logiciels ? Je vous fais un prix.

Je commençais vraiment à me dire que Guzman m'avait bel et bien entraîné sur une fausse piste, lorsque la troisième personne à qui je posai la question me répondit :

— Mes tarifs sont plus bas.

— Plus bas que quoi ? m'enquis-je.

— Plus bas que ceux de 4K.

L'atelier existait donc réellement !

— D'accord, lui dis-je. Alors laissez-moi d'abord demander un devis chez 4K, et ensuite je reviendrai vous voir.

— Mes tarifs sont plus bas, insista-t-il.

— Et juste un petit renseignement, où se trouve-t-il, cet atelier 4K ?

— Au sous-sol. C'est très sale et plein de cafards.

Tristan et moi dûmes jouer des coudes pour arriver à entrer dans l'ascenseur rempli à craquer.

La machine émit d'abord d'épouvantables grincements, puis se mit à descendre.

Niveau 3. Niveau 2. Niveau 1.

Mais au lieu d'aller jusqu'au sous-sol, l'ascenseur s'arrêta au niveau 0, celui du rez-de-chaussée. Lorsque les portes s'ouvrirent, je vis Guzman.

Il était accompagné de l'homme au bandana rouge, celui qui nous avait tiré dessus à Reverie Island et que j'avais croisé plusieurs fois en me rendant au bureau de Hound, qui tenait un attaché-case noir à la main.

Surpris de me trouver là, Guzman me dévisagea. Je soutins son regard.

Mon cerveau se mit à tourner à plein régime pour analyser la situation.

Je savais que Guzman était venu pour faire assembler le Cerberus.

Mais il ne pouvait pas se douter que j'étais au courant

Je savais également que c'était lui qui m'avait volé la coque et l'écran du Cerberus, en se faisant passer pour un coursier.

Mais là non plus, il ne pouvait pas se douter que j'étais au courant.

J'en conclus que je me trouvais en position de force, car j'avais une longueur d'avance sur lui. Et mon intuition me conseillait de faire profil bas, afin de ne pas éveiller ses soupçons. Pas question, donc, de réagir au quart de tour et de m'écrier : « Ha ! Je sais ce que tu es venu faire ici, Guzman ! » ou encore : « C'est toi qui m'as piqué les composants, espèce de connard ! »

Non, je devais rester le plus discret possible.

Je sortis mon iPhone cassé de ma poche, lui mis cet alibi sous le nez et lui demandai innocemment :

— Hé, Guzman ! Tu sais où je pourrais bien faire réparer mon portable ?

Me fixant toujours du regard, il entra dans l'ascenseur, suivi de près par l'homme au bandana rouge. Puis il jeta un œil à mon iPhone, et je vis une grimace de douleur sur son visage.

— Oui, au rez-de-chaussée, me répondit-il. Tout au fond du couloir. Demande à voir Nguyen.

— Génial, merci ! fis-je avant de sortir de l'ascenseur, tirant Tristan par le bras.

Les portes se refermèrent derrière nous.

— C'était qui ? me demanda Tristan.

— C'est le mec qui est venu chez moi en se faisant passer pour un coursier.

— Et tu l'as laissé filer ? s'écria-t-il en serrant les poings.

Aussitôt, une vision me vint à l'esprit : Tristan et Guzman se battant dans l'octogone. Guzman se prenant un bon coup de genou dans l'entrejambe et une volée de coups de poing dans l'estomac.

Mais même si l'idée était plus que séduisante, elle ne relevait que du plus pur fantasme. La violence ne me mènerait à rien : cela ne me permettrait pas de mettre la main sur le Cerberus et de remplir mon troisième contrat.

— Et le type qui l'accompagnait, le plouc au bandana, j'ai l'impression de l'avoir déjà vu quelque part, poursuivit Tristan.

— Possible, il traîne un peu partout.

— Bon, alors maintenant, on fait quoi ?

Bonne question.

— On attend, répondis-je.

Nous attendîmes donc, cachés derrière des palmiers en pot. Tristan en profita pour me bombarder de questions.

Pourquoi Guzman s'était-il fait passer pour un coursier ?

Qu'avait-il pris dans ma chambre ?

Pourquoi n'avais-je pas prévenu la police ?

Je commençais sérieusement à être à court d'excuses bidons, alors je finis par lui dire :

— Tristan, il faudrait vraiment que tu la fermes maintenant.

— Bon, juste une dernière chose.

— Quoi ?

— Le type au bandana, je suis certain de l'avoir déjà vu quelque part.

— Peut-être dans une vieille série télé des années 1980, plaisantai-je.

Mais Tristan n'en démordait pas.

— Je sais que je l'ai déjà vu, insista-t-il.

À cet instant, l'ascenseur s'arrêta à notre niveau et les portes s'ouvrirent. Guzman en sortit, suivi de l'homme au bandana qui n'avait pas quitté son attaché-case noir.

Je n'avais toujours pas de plan à proprement parler. Pour l'heure, je me contenterais de les filer sans qu'ils me voient, en attendant que se présente une occasion de récupérer le Cerberus.

Mais c'était sans compter sur Tristan, qui décida de sortir de notre cachette pile à ce moment-là.

— Reviens ! m'étranglai-je.

Ce crétin allait tout faire foirer !

— Je le reconnais, c'est le connard qui m'a tiré dessus ! me cria-t-il en se mettant à courir pour les rattraper.

Son cerveau avait peut-être été endommagé, mais en tout cas il n'avait rien perdu de ses capacités athlétiques.

Lorsqu'il ne fut plus qu'à deux mètres d'eux, il hurla :
— Hé, toi !

Guzman et Bandana Rouge firent volte-face.

— C'est toi qui as voulu me buter ! cracha Tristan en se jetant sur le type au bandana.

Celui-ci aurait largement eu le temps de s'écarter ou de fuir, mais il resta planté là, comme hypnotisé, regardant Tristan foncer droit vers lui.

Sous le choc de l'impact, ils se retrouvèrent tous les deux par terre et Bandana Rouge lâcha la poignée de son attaché-case, qui vint s'étaler aux pieds d'un agent de sécurité.

Tristan avait plaqué le type au sol et le rouait de coups de poing en répétant :
— Tu as voulu me buter, hein ! Tu as voulu me buter !

Je me précipitai vers eux. Guzman me regarda fixement, puis ses yeux se posèrent sur l'attaché-case.

Je dois le récupérer avant lui, me dis-je.

C'est alors que Guzman tourna les talons et se mit à courir en direction de la sortie.

Je me rendis compte que l'attaché-case n'était probablement qu'un leurre. Guzman avait certainement caché le Cerberus sur lui.

Je me lançai donc à ses trousses, laissant derrière moi les trois agents de sécurité qui essayaient de séparer Tristan et l'homme au bandana rouge.

Dehors, la rue était bondée, et il me fallut slalomer entre les gens pour éviter de les heurter de plein fouet.

Guzman se glissait parmi la foule avec agilité. Son pas était étonnamment rapide, même si je n'eus aucun mal à le rattraper.

Cependant, comme je n'avais aucun plan, je me décidai à ralentir l'allure.

Je ne me voyais pas arracher le Cerberus des mains de Guzman, ni le faire tomber et encore moins le frapper. Pas en plein jour, en tout cas.

Quelques secondes plus tard, je vis Guzman ralentir également.

Avant de s'arrêter.

Il se tourna vers moi, le visage rouge et le souffle court. Cette course-poursuite l'avait achevé, il se retrouvait donc à ma merci.

— Tu t'es fait avoir, abruti ! hoqueta-t-il. Tu croyais vraiment que j'allais le garder sur moi ?

L'image de l'attaché-case me revint à l'esprit. Il m'aurait été si facile de m'en emparer...

M'étais-je vraiment fait avoir sur ce coup-là ?

Guzman était-il à ce point calculateur ?

Au fond de moi, j'avais pourtant la certitude qu'il détenait bien le Cerberus sur lui.

Alors comment le récupérer ?

Je ne voyais qu'un seul moyen : mettre une bonne branlée à Guzman.

Après tout, personne ne me connaissait dans le quartier chinois. Et puis, à Gold Coast, c'était monnaie courante que personne ne bouge le petit doigt en cas de grabuge.

Malgré tout, je n'arrivais pas à passer à l'action. Je me sentais incapable de lui coller un coup de poing, ou de me jeter sur lui pour le plaquer au sol, à la manière de Tristan.

Guzman comprit aussitôt que mon hésitation lui laissait une chance de s'enfuir. Je le vis jeter un coup d'œil à la ronde pour trouver une échappatoire.

Non, la violence, ce n'était décidément pas mon truc. Moi, je n'étais pas comme Hound.

Pourtant, à mieux y réfléchir, malgré ses airs de brute épaisse, je ne l'avais jamais vu tabasser qui que ce soit.

En fait, ce n'étaient pas les coups qui le rendaient si redoutable, mais plutôt l'éventualité de s'en prendre un. Les menaces plutôt que la violence physique.

Cette idée en tête, je fis un pas en direction de Guzman. Puis, feignant de déborder d'assurance, je lui assenai d'une voix tonitruante :

— Donne-moi le Cerberus, Guzman !

Il recula, et je vis de la peur dans son regard.

— Tu me le donnes maintenant, ou alors je briserai un à un tous tes petits os de geek rachitique.

Guzman grimaça. Il plongea la main dans sa poche, et me tendit le Cerberus.

Étincelant à la lumière du soleil, l'appareil était magnifique. Sous mes yeux se trouvait la technologie du futur, un bijou dernier cri.

Les paroles de Miranda me revinrent en mémoire : était-ce un téléphone ? Du matériel d'espionnage ? Un dispositif de cryptage de données ?

Ou peut-être bien plus que tout ça.

Je le fourrai dans ma poche, m'apprêtant à m'en aller.

Mais je réalisai aussitôt que cela avait été beaucoup trop facile.

Pourquoi Guzman s'était-il laissé faire sans même se battre ?

Au même instant, il me lança :

— Tu te fourres vraiment le doigt dans l'œil si tu crois qu'ils vont te le laisser.

Une fois encore, j'eus l'impression bizarre que Guzman m'avait complètement embrouillé, et que tout s'était passé exactement comme il l'avait voulu.

Je me mis à courir.

Ce « ils », faisait-il référence à La Dette ?

Non, cela n'aurait aucun sens. Mais si ce n'était pas La Dette, alors de qui s'agissait-il ?

26. CERVEAU ENDOMMAGÉ

Ne t'arrête pas, m'ordonnai-je en repassant devant le Bazar Electric, la main posée sur la poche dans laquelle se trouvait le Cerberus. *C'est bon, Tristan se débrouillera sans toi. Continue de courir.*

Toutefois, ce message n'arriva apparemment pas jusqu'à mon cerveau, car au lieu de poursuivre ma route, je m'arrêtai.

Puis mes jambes me ramenèrent à l'intérieur du building.

Dans le hall, je vis immédiatement Tristan et Bandana Rouge, tous deux menottés et encerclés par des agents de police.

Je savais que je n'aurais jamais dû retourner là. Mais je n'eus pas le temps de rebrousser chemin, car Tristan m'aperçut et se mit à hurler :

— C'est lui ! C'est avec lui que je me trouvais quand ce type m'a tiré dessus !

L'un des policiers, une femme, me fit signe d'approcher. *Viens là mon petit gars.*

L'espace d'une demi-seconde, j'envisageai de partir en courant, puis je finis par me raviser : je n'avais aucune envie de devenir une cible mouvante.

Après tout, j'avais eu l'opportunité de quitter le quartier sans demander mon reste, et pourtant j'étais revenu là, au Bazar Electric. À moi d'en assumer les conséquences.

Je m'avançai vers l'agent de police qui m'avait fait signe.

— Ton nom ? me demanda-t-elle en sortant un petit carnet de sa poche.

— Dominic Silvagni, répondis-je.

— Tu peux me l'épeler ?

Je m'exécutai. Mes yeux se posèrent sur le taser accroché à sa ceinture.

— Et donc tu connais Tristan ? poursuivit-elle.

— Puisque je vous dis qu'il était avec moi quand ce type a essayé de me buter ! intervint le principal intéressé.

Je tournai la tête vers l'homme au bandana. Il se tenait immobile, lèvres pincées, les yeux rivés au plafond. C'était visiblement le genre de type à n'accepter de parler qu'en présence de son avocat.

— Et où est-ce que ça s'est passé ? s'enquit l'agent de police.

— À Reverie Island, expliqua Tristan. Mes parents ont une résidence secondaire là-bas.

Elle inscrivit cette information dans son petit carnet, avant de se tourner vers moi :

— Dominic, tu peux confirmer ? C'est bien cet homme qui vous a tiré dessus ?

Un simple oui de ma part et Tristan aurait pu arrêter de se torturer l'esprit avec cette histoire. Je détenais la clé de son rétablissement entre mes mains.

L'agent de police répéta sa question.

Mais je savais ce qui m'attendait si je lui répondais oui : nous serions tous emmenés au commissariat pour y faire nos dépositions et tout un tas de paperasse qui prendrait des heures.

Or, je n'en avais absolument pas le temps. Il était déjà midi, et il me restait encore à trouver le lieu de la fête d'anniversaire d'Anna pour lui remettre le Cerberus.

— Écoutez, madame, je suis simplement venu ici pour faire réparer mon téléphone portable, mentis-je, en sortant l'iPhone cassé qui me servait d'alibi.

— Ah oui, ce n'est pas beau à voir, acquiesça-t-elle en jetant un coup d'œil à l'appareil. Donc tu ne connais pas Tristan ?

— Si, je le connais. On est dans le même collège. Mais personne ne nous a jamais tiré dessus.

Un sourire se dessina sur le visage de l'homme au bandana. Il venait de comprendre qu'aucune poursuite ne serait retenue contre lui.

— Bon, très bien, me dit l'agent de police. Tu peux aller faire réparer ton téléphone. On va essayer d'y voir plus clair dans cette affaire.

Je me fis violence pour ne pas tourner la tête en direction de Tristan, mais ce fut plus fort que moi. Son petit sourire en coin habituel s'était évanoui. Sur son visage, je lus de l'incompréhension, et surtout la douleur d'avoir été trahi.

— Désolé, lui articulai-je en silence avant de tourner les talons.

J'eus seulement le temps de faire quelques pas, lorsque j'entendis soudain un bruit de bagarre derrière moi. Je fis demi-tour et aperçus Tristan se jeter à nouveau sur l'homme au bandana. Aussitôt, l'agent de police s'empara de son taser et lui envoya une décharge électrique. Tristan s'effondra par terre.

Elle vient de le tuer! m'affolai-je immédiatement.

Quelques secondes plus tard, Tristan reprit ses esprits et parvint à se remettre debout, aidé d'un autre policier.

C'est alors que je vis la femme au taser jeter un regard dans ma direction.

Je ne pouvais pas me retrouver mêlé à tout ça. Je décampai donc du Bazar Electric sans demander mon reste.

27. *JU-JITSU*

Je comptais me rendre au plus vite au Caffuccino, là où j'avais rencontré Anna, et le moyen le plus simple et le plus sûr d'y aller, c'était de me faire accompagner par une personne de confiance.

Or, ces derniers temps, les gens auxquels je pouvais accorder ma confiance se comptaient sur les doigts d'une main. Luiz Antonio en faisait partie.

Et, détail non négligeable : il possédait un taxi.

Je m'empressai donc de l'appeler pour qu'il vienne me récupérer dans le quartier chinois.

— Bonjour, amigo, me lança-t-il lorsque je grimpai dans le véhicule. Tout va comme tu veux aujourd'hui ?

— Tout roule, mentis-je.

Nous commençâmes à rouler en direction du centre-ville.

— Vous pourriez nous mettre la chanson ? lui demandai-je alors. Vous savez, celle qui dit que les gens qui n'aiment pas la samba ne devraient pas exister.

— *Sim*, bien sûr, fit-il avant d'appuyer sur les boutons de la stéréo.

Les premières notes de la chanson résonnèrent dans les haut-parleurs.

Luiz Antonio se mit à chanter et je l'accompagnai en jouant des percussions sur le tableau de bord.

— On a de la compagnie, apparemment, fit soudain Luiz Antonio.

Drôles de paroles pour une chanson, pensai-je avant de comprendre ce à quoi il faisait allusion : le Hummer de Hound roulait juste à côté de nous.

La vitre passager était baissée, et je reconnus l'un des frères Lazarus qui nous faisait signe de nous arrêter.

— Tu les connais, ceux-là ? me demanda Luiz Antonio.

— Oui, malheureusement.

— Alors tu veux que j'arrête le taxi ?

— Non, surtout pas. Vous pourriez essayer de les semer, plutôt ?

Luiz Antonio enfonça la pédale d'accélération et le moteur se mit à pétarader, sans toutefois que le taxi ne prenne de la vitesse.

Il n'allait clairement pas être facile de les semer.

Je tournai la tête en direction du Hummer.

Lazarus avait à présent un gros calibre entre les mains. Et il le pointait droit sur Luiz Antonio et moi.

— On ferait mieux de leur obéir, me résignai-je.

Luiz Antonio s'engagea dans un parking abandonné. Le goudron craquelé était par endroits envahi par les mauvaises herbes. Des tas de détritus amoncelés pourrissaient sous le soleil. Dans un coin gisait la carcasse d'une voiture brûlée.

Il arrêta le taxi et nous sortîmes du véhicule. Hound et Lazarus firent de même.

Je me serais cru dans un film d'action de série B.

Même le revolver que Lazarus pointait sur nous aurait pu passer pour un accessoire factice.

Mais je n'en aurais pas mis ma main au feu.

Hound prit son portefeuille et en sortit un billet de vingt dollars qu'il agita sous les yeux de Luiz Antonio :

— Voilà de quoi régler la course. Gardez la monnaie et foutez le camp d'ici.

Cependant, Luiz Antonio ne bougea pas d'un pouce. Il se contenta de fixer le billet de Hound avec dédain, comme s'il s'agissait d'une merde de chien particulièrement odorante.

— J'ai pour habitude de ne quitter mes clients que lorsqu'ils le souhaitent, rétorqua Luiz Antonio, en me jetant un regard.

Je fis non de la tête. *Ne me laissez pas !*

— Vous avez entendu ce que Hound vous a dit ? intervint Lazarus, braquant son revolver sur Luiz Antonio.

— Oui, j'ai entendu. Mais vous, vous n'avez visiblement pas écouté ma réponse.

— Garde-le en joue, ordonna Hound à Lazarus, avant de reporter son attention sur moi.

Il se mit à palper les poches de son pantalon, comme s'il cherchait quelque chose.

— Oh, non ! s'écria-t-il d'un ton faussement contrarié. On dirait bien que j'ai oublié de prendre mon téléphone. Prête-moi le tien, pour voir.

— Pas de problème, répondis-je en lui tendant mon vieil iPhone.

Il eut un air de dégoût.

— Tu sais comment on appelle les gens comme moi, Sang Neuf ? Des précurseurs. Mon tout premier téléphone portable était si gros et si lourd que j'ai développé une tendinite au bras à force de m'en servir. Alors tu crois vraiment que je suis du genre à m'accommoder d'une telle vieillerie ?

Comment peut-il être au courant pour le Cerberus ?

La réponse me sembla évidente : il connaissait son existence depuis le début.

Il s'était simplement contenté de me laisser me taper le sale boulot tout seul.

En fait, il n'avait absolument aucun lien avec La Dette.

Zoé avait eu raison : mon téléphone avait été complètement infecté par des spywares, et je m'étais retrouvé à la merci d'individus malintentionnés.

Toutefois, ce n'était pas le moment de me pencher sur le pourquoi du comment. Hound et son homme de main voulaient mettre la main sur le Cerberus.

Je peux toujours m'enfuir, me dis-je.

S'ils voulaient se mesurer à moi à la course, ils n'auraient aucune chance. Ils étaient peut-être taillés comme des armoires à glace, mais ils n'avaient pas des jambes de coureur.

Oui, mais s'ils me tiraient dessus ?

Je n'étais pas un superhéros, il me serait impossible d'éviter les balles.

Et puis, il n'y avait pas que moi : Luiz Antonio risquait sa peau, lui aussi.

Je n'avais pas le choix.

Je sortis donc le Cerberus et le tendis à Hound.

Mais lorsqu'il fit un geste pour le récupérer, je retirai ma main comme par réflexe.

— Aboule le téléphone, gamin, ordonna Lazarus en pointant son arme en direction de ma poitrine.

Luiz Antonio se plaça devant moi pour me protéger.

Qu'est-ce qu'il fout, bordel ? Il va se faire descendre !

— Dégage de là ! lui aboya Lazarus.

Faites ce qu'il dit, Luiz Antonio.

Au lieu d'obtempérer, ce dernier fit un pas en direction de Lazarus. Puis un autre. Et encore un autre.

Tout à coup, dans un mouvement digne d'un combat d'UFC, il se baissa et pivota sa jambe pour venir faire un croche-pied à Lazarus.

Déséquilibré, celui-ci tomba, lâchant son revolver qui vint heurter le sol dans un grand bruit métallique.

Luiz Antonio s'en empara.

Toute la scène n'avait duré que quelques secondes, et nous avait tous laissés bouche bée.

Hound fut le premier à se remettre du choc.

— Allez mon vieux, susurra-t-il d'une voix qui se voulait douce et rassurante, donnez-moi ce flingue avant que quelqu'un ne se retrouve blessé.

Luiz Antonio ne l'écouta pas. Les deux mains autour du barillet, il leva l'arme au-dessus de sa tête avant de la fracasser sur le bitume. Sous l'effet du choc, elle se brisa en deux. Il jeta les morceaux sur le tas d'ordures.

Lazarus, qui s'était remis debout, échangea un regard avec Hound, l'air de dire : *mais quel crétin !*

Sur ce coup, j'étais plutôt d'accord avec eux.

Puis Lazarus s'avança vers Luiz Antonio, poings en l'air, tel un boxeur, et essaya de lui porter plusieurs coups, que le chauffeur de taxi n'eut aucun mal à esquiver.

Tout à coup, Lazarus baissa sa garde et Luiz Antonio en profita pour lui décocher un bon coup de genou dans l'entrejambe.

Le souffle coupé sous l'effet du choc, Lazarus s'effondra au sol. Il se mit ensuite à hurler et à gémir de douleur à la fois. Je crois bien que je n'avais jamais entendu un son aussi affreux sortir de la bouche d'un être humain.

Hound considéra tour à tour Lazarus qui gisait par terre en gémissant et l'homme qui l'avait réduit à cet état, avant de lâcher :

— Alors comme ça, vous vous y connaissez en kung-fu ?

— En ju-jitsu, plutôt, rectifia Luiz Antonio.

Du coin de l'œil, je vis Hound plonger la main dans la poche intérieure de sa veste.

— Attention ! m'écriai-je. Sa bombe lacrymo !

Alors, en un coup de pied circulaire, Luiz Antonio l'envoya mordre le bitume à son tour.

■ ■ ■

De retour dans le taxi, le trajet se poursuivit en silence. Tout ce qui venait de se passer était très lourd à digérer, et je me sentais encore trop abasourdi pour faire la conversation.

Lorsque Luiz Antonio arrêta le taxi à deux pas du Caffuccino, je trouvai tout de même la force de lui demander :

— Qui êtes-vous, au juste ?

Il désigna du doigt sa licence collée sur le pare-brise.

— Non, je veux dire, qui êtes-vous vraiment ?

— Un simple chauffeur de taxi qui fait toujours en sorte que ses clients arrivent à destination.

Ce qui ne répondait pas vraiment à mes interrogations. Pour l'heure, cependant, je devais m'en contenter.

Car j'avais bien d'autres soucis en tête. Notamment, arriver à me rendre à un anniversaire sans y avoir été invité, et sans même connaître l'heure ni le lieu de la fête.

28. STYXX PARTY

La file d'attente pour entrer dans le Caffuccino était encore plus longue que le samedi précédent. Je suivis la même technique que ma mère, et tentai de me frayer un chemin à travers la foule. À la porte, un agent de sécurité m'arrêta :

— À la queue, comme tout le monde.

— Est-ce que le gérant est là ? lui demandai-je alors.

Il ne prit pas la peine de me répondre.

— Pourriez-vous lui faire savoir que Dom, le fils de Celia Silvagni, voudrait s'entretenir avec lui ? continuai-je.

L'agent de sécurité me dévisagea quelques instants avant de me répondre, avec un mépris non dissimulé :

— Non. Maintenant, retourne faire la queue.

J'avais beau être plus tolérant que certains autres garçons de mon âge, notamment ceux qui traînent dans les rues comme Brandon, qui considérait tous les agents de sécurité comme ses ennemis personnels et s'attachait à leur faire la misère jour après jour, celui auquel je me retrouvais confronté me semblait particulièrement désagréable.

Alors, lorsque j'aperçus Simon tout au fond du café, je n'hésitai pas à recourir à ma souplesse athlétique pour esquiver les gros bras de l'agent de sécurité et réussir à me faufiler à l'intérieur.

— Bonjour ! m'exclamai-je en me dirigeant droit sur Simon. Vous vous souvenez de moi ?

Il m'adressa un sourire éclatant, pourtant je devinai à son air perplexe qu'il ne me reconnaissait pas.

— Je suis Dom, le fils de Celia Silvagni.

À cet instant, l'agent de sécurité arriva à notre hauteur.

— Désolé, patron. Il a échappé à ma vigilance.

— C'est bon, Sam, je m'en charge.

Tandis que l'agent de sécurité regagnait son poste, Simon reporta son attention vers moi :

— Dom Silvagni, bien sûr ! Comment va ta charmante mère ?

— Bien, je suis venu avec elle la semaine dernière.

— Oui, ça me revient, maintenant.

— Génial. Alors vous vous souvenez peut-être aussi de la fille qui se trouvait à la table voisine ? Anna ? Elle était là avec ses parents.

— Tu sais, le café est toujours bondé, les clients vont et viennent.

— Elle a quinze ans. Une très jolie fille, un peu maigre, ajoutai-je.

— Comme je viens de te le dire, les clients vont et viennent.

— Et ses parents, ils… commençai-je, en essayant de me les rappeler clairement.

Je revoyais le père d'Anna se levant de table pour aller régler d'addition. C'était un homme plutôt grand, avec des cheveux coupés très court. Et dans sa main, il tenait un rectangle de plastique.

— Son père a payé par carte de crédit ! m'écriai-je alors.

— Oui, beaucoup de nos clients choisissent ce moyen de paiement. C'est plus pratique.

— Alors vous devez sûrement avoir un reçu, avec son nom !

Le sourire de Simon devint soudain beaucoup moins éclatant.

— Ce sont des informations que je n'ai pas le droit de divulguer, me dit-il en faisant signe d'approcher à l'agent de sécurité.

— Vous savez quoi ? Je pourrais écrire sur Twitter que j'ai vu un cafard sortir de votre percolateur. Je vous garantis qu'avant demain matin, des milliers de personnes auront retwitté l'info, et vous n'aurez plus qu'à fermer boutique.

Son sourire s'évanouit complètement.

— Quel jour c'était ? me demanda-t-il en faisant signe à l'agent de sécurité de rester à son poste.

— Samedi dernier.

— À quelle heure ?

— Vers onze heures, en fin de matinée.

— D'accord, attends-moi là.

Il disparut dans l'arrière-boutique, avant de revenir quelques minutes plus tard.

— Russo, m'annonça-t-il. R-U-S-S-O.

Je le remerciai et quittai les lieux rapidement.

Une fois dehors, je me mis à réfléchir. Il devait y avoir des centaines d'Anna Russo à travers le monde. Comment tomber sur celle qui m'intéressait ?

Je savais qu'elle avait quinze ans, ou venait tout juste d'en avoir seize.

Qu'elle vivait à Gold Coast.

Et qu'elle voulait un Cerberus. Ce qui prouvait qu'elle était sûrement mordue de technologie.

Je sortis mon iPhone et ouvris l'application Facebook. Dans la boîte de recherche, je tapai le nom *Anna Russo*.

La page de résultats m'afficha plus de cinq cents personnes.

Dans les outils de recherche, je sélectionnai l'option *filtrer par pays*, et entrai *Australie*.

Il ne restait plus que quarante-deux résultats.

Je parcourus la liste en étudiant chaque photo avec attention. Pour autant, la tâche n'était pas simple, car tout le monde n'utilisait pas sa propre photo en tant qu'image de profil.

L'Anna Russo que je recherchais pouvait donc très bien se cacher derrière la photo d'un chat, d'un bouquet de jonquilles, ou encore d'un top model ultra-célèbre.

La vingt-deuxième Anna Russo de la liste me sauta soudain aux yeux. La photo de profil montrait une petite fille de deux ou trois ans.

Je cliquai sur son nom pour accéder à sa page.

Anna ne partage ses informations personnelles qu'avec ses amis.

Sacrément sélective, pour une gamine de deux ans !

J'avais tout de même accès à sa liste d'amis, qui s'élevait à trois cent douze personnes.

Sérieusement, quelle enfant de deux ans aurait pu être amie avec autant de monde ?

D'autant que, d'après ce que j'avais sous les yeux, cette Anna était surtout amie avec des filles âgées d'environ quinze ans.

Je m'arrêtai sur l'une d'elles : Ava Kiviat.

Kiviat, ce n'était pas un nom de famille très courant.

À Coast Grammar, je connaissais un Brett Kiviat, une tête d'ampoule qui passait tout son temps libre à la bibliothèque.

C'était un ami de Cooper Nielson.

Et Cooper habitait dans la même rue que Rashid.

J'appelai aussitôt ce dernier.

— Dom ! C'est bon, ils vont te laisser participer à la course ? me demanda-t-il dès qu'il eut décroché.

— Non, ils n'ont pas changé d'avis.

— Alors je ne courrai pas non plus, par solidarité.

— Ne sois pas con, Rashid. Tu dois courir !

Il y eut un silence.

— Dis-moi, repris-je, tu n'aurais pas le numéro de Cooper Nielson, par hasard ?

— Si, pourquoi ?

— Tu peux me l'envoyer par SMS, s'il te plaît ? Je t'expliquerai plus tard.

Je mis fin à l'appel, et reçus le SMS quelques secondes après.

J'appelai aussitôt Cooper Nielson, mais cela sonna dans le vide. Je laissai donc un message sur sa boîte vocale : « Salut Cooper ! C'est Dom Silvagni. On est dans le même collège. Je suis un ami de Rashid. Bon, tu vas sûrement trouver ça bizarre que je t'appelle, mais j'ai quelque chose à te demander. Rappelle-moi dès que tu auras ce message. »

Cinq minutes plus tard, mon iPhone sonna : c'était Cooper.

Je lui demandai le numéro de Brett Kiviat, qu'il accepta de m'envoyer par SMS.

— Tu sais, tu aurais pu tout simplement regarder dans les Pages Blanches, me dit-il.

— Les Pages Blanches ?

— Oui, le Bottin, quoi. Sinon, on peut aussi chercher directement sur leur site web.

Je raccrochai, et attendis de recevoir le SMS. Lorsqu'il arriva, je m'empressai d'appeler Brett. Mais son téléphone devait être éteint, car je tombai aussitôt sur sa messagerie.

Je suivis donc le conseil que m'avait donné Cooper, et ouvris l'application Google pour chercher les Pages Blanches de Gold Coast. Une fois sur le site internet, je tapai *Kiviat* dans la boîte de recherche.

J'obtins deux résultats, des numéros de ligne fixe. J'appelai le premier, et un homme décrocha :

— Allô ?

— Bonjour, je m'appelle Dom Silvagni. Je voudrais parler à Brett Kiviat, est-ce que je suis au bon numéro ?

— Oui, je suis son père. Mais Brett n'est pas là, il participe à un tournoi d'échecs tout le week-end.

— Oh. Et sinon, est-ce qu'Ava est disponible ? Elle pourrait peut-être m'aider.

— Elle est partie à une fête d'anniversaire.

— Ce ne serait pas la fête d'Anna, par hasard ?

— Oui, c'est bien ça.

— Et la fête a lieu chez elle ?

— Non, ça se passe dans ce bâtiment futuriste qui vient d'ouvrir dans le centre-ville.

— Le nouveau McDo ? tentai-je.

— Non, l'espèce de cube de verre qui ressemble à une serre géante.

— Vous voulez parler du Styxx Megastore ?

Dès que j'eus raccroché, je me précipitai au bord du trottoir pour arrêter un taxi.

■ ■ ■

Lorsque je franchis les portes du Styxx Megastore, je ne pus m'empêcher d'imaginer des dizaines de rangées de plants de tomates mûrissant lentement à la lumière du soleil. Le père de Brett avait vu juste : l'endroit ressemblait vraiment à une serre géante.

Je descendis l'escalier en plexiglas. Le niveau inférieur était encore plus bondé que la dernière fois que j'y avais mis les pieds.

Tous les conseillers Styxx étaient pris d'assaut par les clients.

— Excusez-moi, pourriez-vous m'indiquer où se déroule la fête d'anniversaire ? demandai-je à la conseillère la plus proche, qui se trouvait en pleine conversation.

Les clients que j'avais interrompus me jetèrent des regards noirs, et j'entendis même l'un d'eux marmonner « Quel culot ! ». Heureusement pour moi, la conseillère Styxx me répondit :

— En bas, c'est marqué sur votre invitation.

— Le problème, c'est que je l'ai oubliée chez moi, mentis-je.

— Sans invitation, vous ne pouvez pas entrer, m'informa-t-elle avant de reporter son attention vers les autres clients.

J'appelai l'ascenseur. Une fois à l'intérieur, j'appuyai sur le bouton descendre. En vain. Il ne voulait pas s'allumer. Il me fallait un badge pour pouvoir descendre.

Je décidai donc d'emprunter l'escalier, et je vis que deux conseillers Styxx en bloquaient l'accès. L'un des deux tenait une sorte de scanner dans une main, et une liasse d'invitations dans l'autre.

Je fis mine de vouloir passer, mais le second conseiller m'arrêta dans mon élan :

— Vous ne pouvez pas descendre, l'accès est réservé aux personnes autorisées.

— Je suis en retard, je viens pour la fête d'Anna Russo.

— Vous avez une invitation ?

— Oui, mais je l'ai laissée chez moi.

— L'entrée ne peut se faire que sur présentation de l'invitation.

— Je sais bien, mais ce matin je suis allé à l'hôpital rendre visite à mon ami Tristan qui vient juste de sortir du coma. J'étais un peu chamboulé, alors j'ai oublié de prendre l'invitation. Mais vous savez, Anna et moi, on est amis depuis toujours.

Les deux conseillers échangèrent un regard.

— Avez-vous une invitation, oui ou non ? répéta le premier.

— Non, avouai-je.

J'aurais pu les pousser hors de mon chemin et descendre à toute vitesse, mais je pouvais apercevoir d'autres conseillers en bas de l'escalier.

Je me retrouvais coincé.

C'était tellement frustrant de savoir qu'Anna ne se trouvait qu'à quelques mètres à peine. Je sentais le poids du Cerberus dans ma poche.

Le Cerberus!

Évidemment! Pourquoi n'y avais-je pas pensé plus tôt?

Je rebroussai chemin et me dirigeai droit vers le comptoir d'accueil, passant devant toute la file de clients.

— Je voudrais acheter un Cerberus, lançai-je au conseiller.

Comme prévu, deux agents de sécurité, différents de ceux auxquels j'avais déjà eu affaire, ne tardèrent pas à arriver pour me demander de les suivre.

Ce fut le même manège que la fois précédente : ils m'escortèrent jusqu'à l'ascenseur et l'un d'eux flasha son badge pour descendre au niveau inférieur.

Lorsque les portes s'ouvrirent, je partis en courant.

Il y avait des portes de chaque côté du couloir.

Bureau du manager. Bureau de l'assistant-manager.
Salle polyvalente.

J'appuyai sur la poignée, et la porte s'ouvrit.

À l'intérieur, la Styxx Party battait son plein. La salle était bondée, remplie d'ados, de parents, et de personnel Styxx.

Je reconnus immédiatement Anna, son père et sa mère. Ce qui ne fut apparemment pas réciproque.

— C'est une fête privée, me dit l'un des invités, un homme âgé.

J'entendis une autre personne lui répondre quelque chose dans une langue étrangère, qui sonnait comme de l'italien, ou du calabrais.

— Il est entré là ! hurla une voix depuis le couloir.

Dans la salle, tous les regards se braquèrent sur moi.

— Je suis venu apporter un cadeau d'anniversaire à Anna, expliquai-je en plongeant la main dans ma poche.

Le père d'Anna vint se placer devant sa fille, l'air de me dire *Tu ne l'approches même pas en rêve.* Mais elle contourna sa protection, et s'avança à ma rencontre, paume ouverte.

Je la rejoignis au milieu de la pièce et lui remis le Cerberus.

Elle le contempla un instant, puis me demanda :

— C'est un vrai, tu me le jures ?

— Oui, le vrai de vrai, lui assurai-je.

Quoique je n'eusse aucun moyen d'en être vraiment certain. J'avais essayé de l'allumer dans le taxi, avant de venir. En vain.

Anna pressa alors une combinaison de touches, et l'écran s'alluma.

C'est à cet instant que tout partit en vrille. Anna se mit brusquement à courir en direction de la sortie, située à l'arrière de la salle.

Cela se passa si soudainement que tout le monde mit un certain temps à réagir. Moi y compris.

Si elle se fait la malle, alors il faut que je la suive.

— Attrapez-le ! hurla l'un des invités.

Une poignée d'agents de sécurité se lancèrent à mes trousses. Je parvins à leur échapper et fis claquer la porte de sortie derrière moi.

Au bout du couloir, Anna et moi nous retrouvâmes devant une sortie de secours. *À n'emprunter qu'en cas d'urgence.*

— On fait quoi, maintenant ? demandai-je.

Anna ne répondit pas à ma question : elle se contenta de pousser la porte. Aussitôt, une sirène se mit à hurler. Puis une autre. Et une troisième.

Nous nous ruâmes dans l'escalier de secours et montâmes deux étages avant de nous retrouver devant une porte.

J'appuyai prudemment sur la poignée : la porte n'était pas verrouillée.

— Attends, hésitai-je. On ne sait pas ce qu'on trouvera de l'autre côté.

J'imaginai toute une flopée d'agents de sécurité ou de policiers, nous attendant de pied ferme.

— On n'a pas le choix, insista Anna, le souffle court.

Elle avait raison. Derrière nous, les pas se rapprochaient.

J'ouvris la porte à la volée. Elle donnait sur une ruelle qui longeait l'arrière du Styxx Megastore.

— Par là ! m'écriai-je, en tournant à gauche.

— Bonne chance, alors, me dit-elle en partant du côté opposé.

Mais qui était cette fille, bon sang !

Les pas derrière nous se firent plus pressants. Il n'y avait plus une minute à perdre.

— Bonne chance à toi aussi, me contentai-je de lui répondre avant de remonter la ruelle puis de bifurquer au pas de course dans la rue adjacente.

Je fus peu à peu envahi par un sentiment d'euphorie.

Je me sentais comme un Superman insensible aux pouvoirs de la Kryptonite.

Un Hulk capable de maîtriser sa colère.

Un Batman qui n'aurait pas besoin de l'aide de Robin.

Je me sentais invincible.

J'avais réussi à capturer le Zolt.

À plonger Gold Coast dans le noir.

Et à mettre la main sur le Cerberus.

J'avais accompli tout ce que La Dette m'avait demandé.

Je venais de remplir mon troisième contrat.

Encore une victoire pour Dom Silvagni !

29. *FAILLE DANS LE RÈGLEMENT*

— J'ai fini mon troisième contrat, tu peux mettre le fer à chauffer, prévins-je mon père en rentrant à la maison.

— Ne parade pas trop, Dom, me répliqua-t-il.

Je me rendis ensuite chez Gus pour lui annoncer la nouvelle. Je ne lui avais pas parlé depuis notre dispute, qui avait eu lieu plus tôt dans la matinée.

Il ne me dit pas un mot, se contentant de me serrer dans ses bras. Ce qui n'était pas peu dire : à force de soulever des poids, il avait développé une musculature d'acier. Il me serra si fort que je crus qu'il allait finir par me fêler une côte.

...

Ce soir-là, au dîner, ma mère était en transe.

Elle venait d'avoir Toby au téléphone, un peu plus tôt dans la soirée.

Tous les participants au concours *À vos marques, prêts, cuisinez* logeaient dans une villa, coupés du monde, jusqu'à l'enregistrement de la grande finale qui aurait lieu le lendemain.

— Imaginez que ce soit lui le grand vainqueur ! s'exclama-t-elle en nous regardant tour à tour, Gus, mon père, Miranda et moi, ce qui trahissait son excitation.

— Oui, ce serait vraiment super, me forçai-je à acquiescer à l'unisson avec les autres.

En vérité, je n'avais pas le cœur à la fête.

Dès mon retour à la maison, la vague d'euphorie sur laquelle je surfais depuis que j'avais quitté le Styxx Megastore s'était évanouie.

Et plus dure avait été la chute. À présent, je ne ressentais plus que de l'amertume.

Certes, j'avais rempli mon troisième contrat pour La Dette.

Mais pour cela, je devais payer le prix fort : on m'avait interdit de participer aux championnats nationaux qui se disputeraient le lendemain. Une course pour laquelle je m'entraînais depuis le début de l'année, et que j'attendais depuis toujours.

Si je m'étais retrouvé blessé, ou même si je n'avais tout simplement pas été qualifié, j'aurais pu encaisser le coup. Mais là, ce n'était pas le cas. J'étais en pleine forme, j'avais gagné ma qualification honnêtement, et pourtant je me retrouvais interdit de championnats.

Bien sûr, j'avais une part de responsabilité dans l'affaire. Je n'avais pas réfléchi à toutes les conséquences que pouvait entraîner mon exclusion.

Mais tout de même : avant La Dette, jamais je n'aurais osé défier le règlement de Coast Grammar.

Et si les contrats qu'elle me confiait ne comptaient que pour du beurre, finalement? Et si ce que La Dette attendait vraiment de moi, c'était que je renonce à ce qui comptait le plus dans ma vie: courir? C'était peut-être ça, le vrai prix à payer.

Ma mère apporta un plat de pâtes, mais même si je n'avais rien avalé depuis le matin, je n'avais absolument pas faim.

— Vous avez entendu ce qui s'est passé au Styxx Megastore cet après-midi? L'alarme incendie s'est déclenchée et ils ont dû faire évacuer tout le monde, nous informa Miranda.

Je me demandai si elle savait que j'étais impliqué dans cette histoire. En plus d'être intelligente, ma sœur était du genre perspicace. Je l'avais harcelée de questions à propos de Styxx et du Cerberus. Cela ne m'aurait donc pas étonné qu'elle ait compris ce que je tramais.

— Oui, ils ont même bouclé la rue, ajouta mon père. Ce qui a causé un bouchon pas possible.

L'interphone se mit à sonner, interrompant la discussion.

— Qui cela peut bien être à une heure pareille? s'étonna ma mère.

Mon père alla décrocher.

— Oui, Samsoni? fit-il dans le combiné. Oui. Bien sûr. Ne quittez pas.

Il se tourna vers nous et annonça:

— Il y a un certain monsieur Ryan à l'entrée. Il dit qu'il est de Coast Grammar.

— Oui, c'est le professeur d'éducation civique, répondit ma mère en consultant sa montre. Qu'est-ce qu'il peut bien nous vouloir un samedi soir?

— Il a quelque chose d'important à nous dire, apparemment.

— Mais nous sommes en train de dîner, protesta ma mère.

Sans l'écouter, mon père reporta le combiné à son oreille :

— Samsoni, vous pouvez nous envoyer monsieur Ryan.

Ma mère afficha un air contrarié mais garda le silence.

Quelques minutes plus tard, Mr Ryan passa la porte d'entrée. Il était vêtu comme à son habitude, d'une chemise bleue et d'un pantalon beige, et tenait une serviette en cuir à la main.

— Je suis vraiment désolé de vous déranger à une heure aussi tardive, mais j'ai découvert quelque chose en faisant un peu de lecture et j'ai pensé qu'il valait mieux que je vous l'annonce de vive voix, expliqua-t-il.

Il ouvrit sa serviette et en sortit un exemplaire du *Règlement de la Commission académique d'athlétisme*.

— Je vous épargne le jargon juridique. En gros, d'après ce règlement, rien ne peut empêcher Dom de courir demain.

— C'est vrai ? m'écriai-je, le cœur au bord de l'explosion.

— Oui, en tout cas si l'on en croit ce règlement, confirma Mr Ryan.

J'exultai. Plus rien ne me retenait de participer aux championnats nationaux !

— Pas si on en décide autrement, intervint ma mère.

Tous les regards se tournèrent vers elle.

— Monsieur Ryan, je vous remercie de vous être donné autant de mal et d'avoir pris la peine de venir nous voir. Mais Dom a pris de mauvaises décisions ces derniers temps, et il doit donc assumer les conséquences de ses actes.

Sur ces paroles, elle alla lui ouvrir la porte d'entrée.

Pauvre Mr Ryan. Il avait dû être tellement content de venir m'annoncer cette bonne nouvelle, et voilà qu'on le mettait dehors.

Je lançai un regard désespéré à mon père et à Gus.

Quelque chose se tramait entre eux deux, comme une sorte de conversation télépathique.

Mr Ryan s'apprêtait à franchir le perron, lorsque mon père le retint :

— Monsieur Ryan, attendez.

Le professeur fit demi-tour.

— Vous dites que si mon fils se rend à la course demain, personne ne pourra l'empêcher d'y participer ? demanda mon père.

— Absolument, répondit Mr Ryan, en jetant un regard vers ma mère, mal à l'aise. Ce n'est pas comme si un autre joueur avait été qualifié à sa place. Sans Dom, il y aura simplement un concurrent de moins.

Mon père se tourna vers moi :

— Dom, tu veux courir demain ?

Je fis oui de la tête. Bien sûr que je le voulais. Participer à cette course, c'était pour moi ce qui comptait le plus au monde.

— Alors c'est décidé, conclut mon père.

À cet instant, ma mère l'entraîna dehors, nous demandant de retourner les attendre dans la salle à manger.

Mes parents se disputaient rarement. En tout cas, jamais en public. Mais là, il aurait fallu être sourd pour ne pas les entendre hurler depuis le jardin. Il ne manquait que des bruits de vaisselle brisée pour compléter le tableau.

Lorsqu'ils nous rejoignirent enfin dans la salle à manger, on aurait dit que mon père sortait tout juste d'un combat dans l'octogone.

— C'est bon, on va à Sydney, lâcha-t-il, en essayant de minimiser la note de triomphe dans sa voix.

Ma mère leva les yeux au ciel puis alla se coller devant l'écran plasma du salon.

— Où est-ce que je peux trouver le dernier épisode d'*À vos marques, prêts, cuisinez* ? demanda-t-elle à Miranda, la spécialiste en médias de la famille.

Nous les laissâmes entre filles, préférant nous installer dans le bureau de mon père pour trouver un moyen de nous rendre à Sydney.

Nous pensâmes d'abord à prendre un avion, mais aucun de ceux prévus dans la matinée n'arriverait à temps pour que je puisse m'enregistrer sur la liste des participants avant la course. En tout cas, pas en comptant le trajet en taxi depuis l'aéroport jusqu'au stade olympique.

— On pourrait peut-être louer un avion privé, suggéra mon père.

Sauf qu'il n'y en avait aucun au départ de Gold Coast.

Mon père s'apprêtait à téléphoner à l'un de ses amis pour lui demander s'il pourrait emprunter son jet privé, lorsque Gus le coupa dans son élan :

— Assez tergiversé, David, pourquoi est-ce qu'on ne prendrait pas tout simplement la voiture ?

— Mais il y a douze heures de route ! protesta mon père.

— Je suis au courant. Alors partons maintenant, pour que Dom puisse s'enregistrer à temps.

Mon père reposa son téléphone.

— Tu as raison, un petit road trip ne va pas nous tuer.

Il nous regarda tour à tour, Mr Ryan, Gus et enfin moi, puis soupira :

— Bon, il ne reste plus qu'à convaincre ta mère.

Cela lui prit une bonne demi-heure. Quoique, au final, je doutai qu'il ait vraiment réussi à la convaincre car, à son retour, il nous poussa un peu trop précipitamment vers la sortie :

— Allez hop, fichons le camp d'ici !

Je n'avais pas le temps de faire mes bagages, alors je me contentai d'aller récupérer ma tenue de course dans ma chambre pour la fourrer dans le coffre de la Porsche de mon père.

Au milieu de l'allée, mon père discutait avec le professeur.

— Eh bien, monsieur Ryan, merci d'être venu, lui dit mon père en lui tendant une poignée de main amicale.

— Vous plaisantez ? fit Mr Ryan. Je viens avec vous, je ne veux pas rater ça ! Et puis, ma présence pourrait toujours vous être utile, s'il y a besoin de gérer des questions d'ordre légal.

Mon père grimpa donc derrière le volant, Mr Ryan s'installa à côté de lui sur le siège passager, et Gus et moi nous glissâmes sur la banquette arrière.

Lorsque la voiture passa devant un panneau qui indiquait *Sydney 824 km*, mon père se lâcha complètement et laissa échapper un hurlement de joie.

Ce qui ne lui ressemblait vraiment pas du tout.

Mais cela ne s'arrêta pas là, puisque Gus renchérit par un hurlement encore plus bruyant que celui de mon père.

Je fus pris de honte pour eux, et pour moi.

Calmez-vous un peu, les gars. Vous avez l'air d'oublier qu'il y a un professeur de Coast Grammar avec nous.

Mais à peine avais-je eu le temps de formuler ces mots dans ma tête que le professeur en question ouvrit la bouche. Pour lâcher un hurlement de dingue, à nous en percer les tympans.

Lorsque les derniers échos de son cri se furent évanouis, il reçut une salve d'applaudissements bien mérités.

— À toi, Dom ! m'encouragea mon père.

— Non merci, je préfère économiser mes forces pour la course.

Mes forces, et surtout ma dignité.

Le téléphone portable de mon père se mit à sonner.

Rien de très surprenant : en homme d'affaires très sollicité, il recevait des appels sans arrêt. Mais au lieu de répondre comme à son habitude, il éteignit l'appareil avant de le jeter dans la boîte à gants.

— Allez, les gars, donnez-moi les vôtres !

Mr Ryan fut le premier à s'exécuter, puis Gus suivit le mouvement. Je plongeai la main dans ma poche, sans avoir le courage de sortir mon iPhone.

— Dom ? insista mon père, en me tendant sa main, paume ouverte.

— Je suis vraiment obligé ? L'un de nous devrait peut-être garder son téléphone allumé au cas où il y aurait une urgence, non ?

Mon père ne répondit pas, gardant sa main tendue. De mauvaise grâce, je sortis mon vieil iPhone 4 et l'éteignis avant de le lui remettre.

Il le déposa avec les autres, puis appuya sur l'accélérateur. Je me sentis m'enfoncer dans mon siège.

— Mazette ! s'exclama Mr Ryan. Il y en a sous le capot !

— Ça vous dirait de prendre le volant tout à l'heure ? fit mon père.

— Vous êtes sérieux ?

— Et comment ! Vous ne croyez quand même pas que je vais me taper tout le trajet !

Puis mon père se mit à pianoter sur son iPod et sélectionna un morceau des Rolling Stones, qui figurait apparemment sur l'un de leurs plus anciens albums. Ce qui ne changeait pas grand-chose à mes yeux : je considérais tous leurs albums comme très anciens.

Mr Ryan n'en avait pas l'air, avec sa petite chemise proprette et son pantalon beige, mais il était également un grand fan des Stones. Lui et mon père se lancèrent immédiatement dans un débat de la plus haute importance : Keith Richards avait-il ou non utilisé une guitare acoustique sur les premiers accords de la chanson *Jumpin' Jack Flash* ?

Je sentis mes paupières s'alourdir.

— Allonge-toi, me dit Gus. Tu as besoin de te reposer avant la course.

Il détacha sa prothèse et la glissa sous le siège conducteur.

— Tiens, je te fais un peu plus de place, ajouta-t-il en se collant au plus près de la portière.

J'hésitais, je ne me sentais pas en droit d'occuper autant de place. Après tout, nous étions tous dans le même bateau.

— Allez, pose ta tête ici, insista Gus en tapotant sa cuisse.

Je lui obéis et me couchai jambes repliées sur la banquette.

On était bien loin d'un confort cinq étoiles. La cuisse osseuse de Gus était dure sous ma tête, et il y avait vraiment trop de bruit dans la voiture, entre les rugissements du moteur et les accords stridents de la guitare de Keith Richards.

Malgré tout, je ne tardai pas à trouver le sommeil, bercé par la voix de Gus, qui fredonnait une chanson. La même que celle que j'entendais souvent dans le taxi de Luiz Antonio.

30. PROCÉDURE IRRÉGULIÈRE

Lorsque j'ouvris les yeux au petit matin, les premiers rayons du soleil inondaient l'intérieur de la voiture.

Mon père et Gus dormaient encore profondément. Mr Ryan se trouvait derrière le volant de la Porsche, qui filait sur la route à cent quatre-vingts kilomètres-heure. Ce qui devait sérieusement le changer de sa petite Toyota Prius.

— Bonjour, lançai-je en m'asseyant dans mon siège, frottant mes paupières encore lourdes de sommeil.

— Bonjour, Dom, me répondit Mr Ryan.

— Vous vous êtes bien amusés hier soir, à ce que je vois, fis-je en remarquant que l'habitacle était jonché d'emballages de fast-food et de canettes de Red Bull vides.

Mr Ryan m'adressa un grand sourire.

— Oui, ton père... commença-t-il.

Je m'attendais à ce qu'il finisse sa phrase sur un compliment lambda, du genre *ton père est un excellent conducteur*, ou *ton père est un homme d'affaires chevronné*, ou encore *ton père est sacrément calé sur les Rolling Stones*.

— ... est le maître incontesté du lâchage de caisse. Pardon ?

— Écoutez-le parler, intervint mon père, qui n'était apparemment pas aussi endormi que je le croyais. Dans le genre, les vôtres n'étaient pas mal non plus !

C'est à cet instant que Gus choisit d'ouvrir les yeux et d'apporter sa contribution à la conversation :

— Vous les jeunes, vous n'y connaissez rien en flatulences viriles. De mon temps, on aurait été capables de décoller le revêtement des sièges.

— Je t'en prie, papa, plaisanta mon père tout en adressant un clin d'œil à Mr Ryan. Montre-nous ce que vous saviez faire, à l'époque.

— Ces jours-là sont bien révolus, se résigna Gus. À mon âge, on ne peut plus faire confiance à ses sphincters.

Nous fîmes un arrêt pour prendre de l'essence, et Mr Ryan laissa mon père reprendre le volant pour repartir.

— Prends la prochaine sortie, lui dit Gus.

— Le GPS indique qu'il faut prendre celle d'après, hésita mon père.

— Au diable, le GPS ! Tu veux qu'on arrive à temps pour que Dom puisse s'enregistrer, ou pas ?

Mon père obtempéra et emprunta la première sortie, puis suivit les indications que lui donnait Gus. Pourtant, même s'il roulait comme un fou, il ne pouvait rien faire contre les feux de circulation qui semblaient jouer en notre défaveur.

À un moment, nous nous trouvâmes arrêtés à un feu rouge alors que le carrefour était désert.

— Merde, après tout ! s'exclama mon père.

Il jeta un regard des deux côtés de la route avant d'enfoncer l'accélérateur. La Porsche démarra en trombe, dans un crissement de pneus.

— Wahou ! m'exclamai-je.

Gus secoua la tête d'un air réprobateur.

Je commençais à entrevoir une autre facette de mon père. Un homme prêt à tout. Un homme qui était parvenu à rembourser La Dette.

Entre les immeubles qui défilaient sur notre passage, je pouvais apercevoir le mur d'enceinte du stade olympique.

Nous ne tardâmes pas à arriver à destination et nous nous engageâmes enfin dans l'allée principale menant au stade. Sans attendre l'arrêt complet du véhicule, Mr Ryan ouvrit la portière et bondit en direction de l'entrée, le *Règlement de la Commission académique d'athlétisme* à la main. Il n'avait rien perdu de la vitesse qui avait fait de lui un champion de cross-country dans sa jeunesse.

Mon père gara la Porsche sur le parking, puis nous nous précipitâmes à notre tour vers l'entrée du stade.

— Peu importe l'issue de cette journée, Dom, me dit-il. Que tu puisses courir ou pas, on aura quand même passé un sacré bon moment tous ensemble.

— Ce serait bien la peine qu'on se soit donné tant de mal, s'il ne court pas, maugréa Gus.

Une fois à l'intérieur, je me sentis gagné par une vague d'excitation. C'était entre ces murs que le Kényan Noah Ngeny avait battu Hicham El Guerrouj, détenteur du record du monde à l'époque, lors de la finale du mille cinq cents mètres des Jeux olympiques de Sydney en 2000.

Nous nous dirigeâmes vers le bureau d'enregistrement, où j'aperçus Mr Ryan en grande discussion avec un membre de la Commission à qui il faisait lire un passage du *Règlement*.

Lorsqu'il me vit, il me fit signe d'approcher.

Je les rejoignis donc au pas de course.

D'après les nombreux passes qui pendaient autour de son cou, le membre de la Commission se nommait Marge Jenkins. Elle se contenta de jeter un rapide coup d'œil dans ma direction.

Était-ce elle qui avait disqualifié les quatre Kényans ?

— Voilà Dom, lui expliqua Mr Ryan. Comme vous pouvez le constater, il est en pleine forme et prêt à concourir !

J'adressai mon plus beau sourire à Mrs Jenkins pour lui montrer tout mon enthousiasme.

— Bon, la procédure est quelque peu irrégulière, mais je suppose que l'on ne peut pas aller à l'encontre du règlement, se résigna-t-elle.

Mr Ryan eut un geste de triomphe.

— J'ai le droit de courir ! hurlai-je en me mettant à sauter comme un dingue, bras en l'air. Je vais participer aux championnats nationaux !

31. LES CHAMPIONNATS NATIONAUX

J'avais encore du mal à y croire. Moi, Dom Silvagni, m'apprêtais à concourir pour le titre de Champion Junior d'Australie du mille cinq cents mètres.

Je m'attendais presque à ce que quelqu'un claque des doigts, et que je me retrouve aussitôt de retour à Halcyon Grove, en train de regarder la grande finale du concours *À vos marques, prêts, cuisinez.*

J'étais sur un petit nuage. Et du coup, les autres concurrents me semblaient bien moins menaçants que d'habitude.

Avant la course, Sheeds nous prit à part pour nous briefer, Rashid, Bevan Milne, et moi. Son petit discours eut l'effet escompté et nous motiva à bloc, même si je n'en avais pas vraiment besoin : je me sentais plutôt serein.

Tellement serein, en fait, que je n'eus pas la moindre réaction en apercevant Seb, en bordure de piste, qui enlevait son survêtement.

Tiens, Seb est là, me dis-je simplement, avant que mon attention ne se porte sur d'autres détails. C'était une remarque comme une autre. J'étais tellement excité que toutes sortes de pensées se bousculaient dans mon esprit : *le temps est magnifique aujourd'hui, et ce stade est vraiment gigantesque, et ça a dû être absolument génial de se trouver là quand Cathy Freeman a remporté l'or sur le quatre cents mètres.*

Même lorsque Seb lui-même m'adressa un petit signe, pouce levé, je ne m'étonnai toujours pas de sa présence sur la piste.

En vérité, je n'aurais absolument pas réagi si Bevan Milne ne s'était exclamé :

— Qu'est-ce que Seb fout là ?

— Seb ?

— Oui, ton copain Seb. Il est inscrit sur la liste des coureurs au départ.

— Mais il n'est même pas scolarisé. Alors quel établissement représente-t-il ?

— Aucune idée. Il a sûrement dû trouver le moyen de contourner le règlement.

Nous prîmes position sur la ligne de départ. Au retentissement du coup de pistolet, nous nous élançâmes.

Dès le premier tour, je pris conscience que je n'avais pas la moindre chance de remporter le titre. À cause de La Dette, j'avais complètement négligé mes entraînements, et les autres coureurs étaient bien plus forts que moi.

Mais, étonnamment, je ne ressentais même pas l'envie d'essayer de gagner cette course.

Si je passais la vitesse supérieure à cet instant, si je lançais mon rush sans attendre, je savais que je me cramerais rapidement, et que les autres coureurs ne feraient plus qu'une bouchée de moi, me laissant finir bon dernier.

Et, pour ma part, je ne visais aucune médaille. Ni l'or, ni l'argent. Pas même le bronze.

Non, ce que je voulais vraiment, c'était finir quatrième, car cette place me permettrait quand même d'intégrer l'équipe qui se rendrait à Rome pour concourir aux Jeux mondiaux de la jeunesse.

Nous entamâmes le troisième tour. Rashid et moi courions côte à côte, d'une même foulée. Seb sur nos talons, nous collant au train.

Le peloton de tête, composé de quatre coureurs, se trouvait à vingt mètres devant nous.

Alors que je commençais à ressentir les premiers signes de fatigue, les cuisses en feu et le souffle court, la maxime favorite de Sheeds me revint en mémoire : *La douleur est inévitable, la souffrance n'est qu'une option.*

Lorsque retentit la cloche qui annonçait le dernier tour de piste, l'un des quatre coureurs de tête s'était déjà fait distancer. Rien d'étonnant : il était parti trop vite et n'avait pas su gérer son effort, il en payait donc les conséquences.

Nous le dépassâmes. Plus que trois coureurs nous séparaient donc de la ligne d'arrivée.

Je ne cherchais absolument pas à les rattraper. Ils pouvaient se partager les médailles à leur guise. Ce que je visais, c'était la quatrième place.

Je jetai un rapide coup d'œil par-dessus mon épaule. Les coureurs qui se trouvaient derrière n'avaient aucune chance de refaire leur retard sur nous.

La quatrième place se jouerait donc entre Seb, Rashid et moi.

Même si mes entraînements n'avaient pas été des plus réguliers, ces derniers temps, mon rush restait bien plus puissant que le leur.

Et ils le savaient parfaitement.

Alors si l'un ou l'autre comptait réussir à se qualifier, il lui faudrait lancer la gomme sans plus tarder.

Je tournai la tête du côté de Rashid. Il me décocha un sourire résigné.

Il renonce. Il ne se battra pas pour aller à Rome.

Je ne pouvais plus rien pour lui.

Devant nous, le trio de tête avait lancé le sprint final, et les deux premiers coureurs se détachaient nettement de leur concurrent.

Il nous restait encore plus de trois cents mètres à parcourir. La consigne de Sheeds, semblable en tous points à celle de Gus, résonna dans ma tête : *Lance ton rush à deux cents mètres de l'arrivée, pas un millimètre avant, ni un millimètre après.*

Le troisième coureur perdait de plus en plus de terrain.

Il coince. On dirait bien qu'il s'est pris de plein fouet le mur de la douleur.

C'est alors qu'une idée me traversa l'esprit : si nous arrivions à le dépasser, Rashid et moi, nous pourrions nous qualifier tous les deux.

Mais c'est encore beaucoup trop tôt pour lancer le sprint final. Je risque de me cramer, et de passer à côté de la quatrième place.

— Rashid ! haletai-je.

— Quoi ?

— Allons le chercher, maintenant !

Je lâchai le frein à main et lançai mon rush. À deux cent cinquante mètres de l'arrivée.

Dans ma tête, je pouvais presque entendre Sheeds et Gus hurler à l'unisson : *Noooooooon !*

Rashid suivit ma lancée et Seb se cala dans notre sillage.

Dans les tribunes, les spectateurs, qui avaient gardé le silence depuis le départ de la course, se mirent à hurler des encouragements.

Je compris soudain pourquoi on surnommait ce stade « le Colisée » : c'était exactement le genre d'endroits où l'on pouvait imaginer deux hommes se battant jusqu'à la mort.

À cinquante mètres de l'arrivée, nous rattrapâmes le troisième coureur avant de le dépasser.

Côte à côte, Seb, Rashid et moi luttions pour franchir la ligne d'arrivée, puisant dans nos dernières ressources.

Puis Seb partit en tête, nous laissant, Rashid et moi, au coude à coude.

Sheeds et Gus avaient vu juste, cependant : après un sprint de plus de deux cents mètres, je finis par me heurter au mur de la douleur.

J'étais mort, sans plus la moindre énergie.

Je repensai alors aux prouesses que j'avais accomplies ces derniers mois : capturer le Zolt, plonger Gold Coast dans le noir total, mettre la main sur le Cerberus.

Cela me redonna un peu de force et, dans un ultime effort, je me penchai en avant pour atteindre la ligne d'arrivée devant Rashid. Mais en vain : mon ami la franchit quelques millimètres seulement devant moi.

J'adressais déjà mes félicitations à Seb et à Rashid, lorsqu'un membre de la Commission nous lança :

— Ne vous réjouissez pas trop vite, nous attendons encore de voir la photo-finish pour déterminer quel est le quatrième finaliste.

Nous allâmes donc nous asseoir dans l'herbe pendant que la Commission délibérait.

Dix minutes plus tard, dans les haut-parleurs, on nous annonça enfin le nom des vainqueurs, à commencer par les premier et deuxième finalistes.

— En troisième position, Sebastian Baresi.

Je ne pus réprimer un sourire. Malgré tous les soupçons que je nourrissais à l'égard de Seb, il me fallait bien reconnaître qu'il avait fait une très belle course.

— Et en quatrième position, ce qui lui assure également une place aux Jeux mondiaux de la jeunesse, Dominic Silvagni.

Quoi ? C'était impossible !

Comment avaient-ils pu se tromper à ce point ?

Je me ruai dans la tente qui abritait tous les membres de la Commission.

— Rashid a fini devant moi ! m'écriai-je.

— Pas d'après la photo, me contredit Marge Jenkins.

— Mais... m'apprêtai-je à protester.

Je fus interrompu par un autre membre de la Commission, une femme au visage cramoisi qui tenait un téléphone à la main :

— Dominic Silvagni ? fit-elle.

— Oui ?

— Votre mère est en ligne.

Je saisis le combiné.

— Allô, maman ?

— Vos portables étaient tous éteints, impossible de vous joindre, dit-elle avec des trémolos dans la voix.

— Maman, il y a un problème ?

— C'est Toby, il a disparu !

— Comment ça, disparu ?

— Il n'est plus dans la villa d'*À vos marques, prêts, cuisinez*. Il n'était pas dans sa chambre, ce matin, au réveil. Ils ont cherché partout, mais il reste introuvable.

Je n'entendis pas la suite. Dans ma tête, ne résonnaient plus que les paroles glaçantes de Hound :

Devine ce qui doit être vraiment très difficile ? Arriver à préparer de la crème glacée quand on se retrouve avec les os des deux mains réduits en miettes. Pas facile de tenir un fouet, après ça.

Tout ce qui venait d'arriver était beaucoup trop à digérer d'un seul coup. L'adrénaline de la course qui coulait encore dans mes veines, l'annonce de ma qualification pour Rome, et maintenant la disparition de mon frère.

Soudain pris de vertige, je me mis à tituber avant de m'effondrer par terre, en boule.

Toby avait disparu.

TABLE DES CHAPITRES

LA SUITE DÉBARQUE
CHEZ TON LIBRAIRE
EN MARS 2015...
Tiens-toi prêt pour le grand rush !

En attendant, fonce sur **www.rush-lelivre.fr**
pour rejoindre les fans de ***RUSH*** !

LES AUTRES TITRES DISPONIBLES

PHILLIP GWYNNE

Phillip Gwynne est un auteur et scénariste australien très célèbre dans son pays. Il écrit aussi bien des romans pour les plus jeunes que des polars pour les adultes.